追放系の悪役パーティのリーダーに転生したので、ざまぁされる前に自分を追放しました。

～スキルを奪う『スティール』って悪役過ぎるけど強すぎる～

荒井竜馬

JN166805

FB
ファミ通文庫

CONTENTS

ILLUSTRATOR　匈歌ハトリ

荒井竜馬
[Illust.] 匈歌ハトリ
追放系の悪役パーティのリーダーに転生したので、ざまぁされる前に自分を追放しました。
～スキルを奪う『スティール』って悪役過ぎるけど強すぎる～

レナ
ザード
エミ
ケイン

ロイド
「役立たずはこのパーティにはいらない。今日をもってこのパーティから追放する……俺をな」
「「「……え？」」」

「ロイドさんに弱み握られたり、騙されたりしてない？」
「ロイドさまは私の命の恩人です！」
…

I was reincarnated as the leader of a villain party
that specializes in banishment,
so I banished myself before I got my comeuppance.

第一話　悪役転生

I was reincarnated as the
leader of a villain party
that specializes in
banishment,
so I banished myself before
I got my comeuppance.

喧騒《けんそう》に包まれているギルドに併設された酒場では、今日も冒険者たちが笑いながらジョッキを傾けていた。

魔物との戦いを通して成長した自分に酔う冒険者や、難しい依頼を達成できたことを喜ぶ冒険者は次々に酒を飲み干し、心地よく酔った状態を楽しんでいる。

そんな酒場で、他の冒険者たちとは雰囲気が異なる冒険者たちがいた。

その集団の一人、悪趣味な鎧《よろい》を纏《まと》った金髪の男——ロイドはケインに声をかける。

「おい、ケイン。おまえ今日何かしたのか？」

クエストを終えて冒険者ギルドに戻ったロイドたちは、この酒場で今日の報酬《ほうしゅう》を分けあっていた。

ロイドはいつも通りケインを除くパーティメンバーで報酬を分けた後、残った端数をケインに投げつける。

すると、ケインは不満そうな顔でロイドを見た。

ロイドが苛立《いらだ》ちながらケインを睨《にら》むと、ケインは視線を泳がせて続ける。

「お、俺だってちゃんと働いていただろ。荷物持ちや支援魔法を使ってみんなをサポートしていたはずだ」

ケインの言葉の後、ロイドたちは少し間を置いてから噴き出すように笑う。

「サポート？　ただ俺たちに隠れて『支援』のスキルを使っていただけだろ？　おまえの『支援』なんてなくても変わんねーっての」

「私たちはA級冒険者ですよ？　F級冒険者のあなたの『支援』なんて誤差《ごさ》ですよ」

盾役のザードと神官のエミは順々にそう言って嘲笑する。

「そ、それは、そうかもしれないけど……でも、」

「でも、なに？　何もしない後衛って、いる意味あるのかなー？」

魔法使いのレナの言葉にケインは言い返すことができず、言葉に詰まって顔を俯《うつむ》かせてしまった。

ケインの悔しそうな表情を見て、ロイドは口元を緩ませる。

「レナの言う通りだな……そろそろ潮時だろう」

「え？」

ケインはロイドの言葉を聞いて、驚くように顔を上げる。

ケインはこれから言われることを察したのか、顔を青くしていた。

ロイドはジョッキに残っている酒を一気に呷《あお》ってから、ジョッキをドンッとテーブルに叩きつけた。

「今まで大目に見てきてやったが、我慢の限界だ。無能はこのパーティ『竜王《りゅうおう》の炎《ほのお》』にはいらない」

「ま、待ってくれ、ロイド！　頼むから、追放だけはやめてくれ！」

絶望に歪《ゆが》むケインの顔を見ながら、ロイドは笑みを深くして言葉を続ける。

「あばよ、ケイン。今日をもってパーティからおまえを――ん？」

◆◆◆

あれ？　何か既視感《きしかん》を覚える展開だな。

そう思った瞬間、俺の頭の中に突然日本という国で生活をしていた記憶が流れ込んできた。

そうだ。俺は日本という国で会社員をしていたんだ。

確か、クソブラック企業で日を跨《また》ぐまで仕事をした後、やけ酒をして千鳥足で近くのコンビニにつまみを買いにいったんだ。

そして、つまみを買った後……あれ、どうなったんだ？

俺は辺りを見渡してからしばらく考え込む。

……ここはどこだ？

「ロイド？　どうしたの？」

「え？」

俺が自分の置かれている状況を前に混乱していると、ピンク髪の女の子がひょこっと俺の顔を覗《のぞ》いてきた。

ローブを着ているし、まるで異世界アニメの魔法使いみたいな格好をしている。

「あれ？　なんか見覚えがある顔してるな」

「見覚えがあるって、当たり前でしょ。私たち、パーティなんだから」

「パーティ？」

俺は首を傾《かし》げてから、近くにいる人たちのことをじっと見てみた。

すると、ローブの女の子の他にも筋肉質の兄ちゃんや、神官みたいな格好をしている女の子が俺のことを心配そうに見ていた。

さらに、周りを見てみると帯刀している人たちや、西洋の防具のようなものを身に着けている人たちもいる。

少なくとも、ここが日本ではないことは確定だろう。何度も見てきた異世界アニメの世界そのものじゃないか。

ん？　ということは、俺は異世界転生したってことになるのか？

おお！　夢にまで見た異世界転生だ！

転生したってことは、異世界アニメの主人公みたいな生活を送れるってことだろ？

やったぜ‼　クソみたいな現実とはおさらばだ！

俺が力強くガッツポーズをすると、俺のことをぽかんと見ている男と目が合った。

黒髪でひ弱そうな見た目をしている男。

あれ？　この男、どこかで見たことがあるな。

俺は少し考えてから、あっと小さく声を漏《も》らした。

「もしかして、ケインか？」

見覚えがあると思ったら、人気アニメ『最強の支援魔法師、周りがスローライフを送らせてくれない』の主人公、ケインだ。

追放系ざまぁ展開が売りの異世界アニメで、ヒロインたちも可愛《かわい》い作品だ。

俺もハマって何周もアニメを観た記憶がある。

このアニメがなかったら、クソみたいな会社で働き続けるのは無理だったと思う。

俺がうんうんと頷《うなず》いていると、ケインは首を傾げる。

「そうだけど……ロイド、突然どうしたんだ？」

「ロイド？　ああ！　あのロイドか！　どこだ？　どこにロイドがいるんだ？」

俺は辺りを見渡して、ロイドの姿を探す。

ロイドというのは、主人公をパーティから追放する悪役リーダーだ。

主人公の支援魔法のおかげでパーティが強くなって、A級冒険者になったというのに、その凄さに気づけない愚か者《おろかもの》だ。

そして、ケインにざまぁをされて、力も名誉も失って闇の力に手を出して、最後はケインに殺される。そんなみっともない情けない奴。

まったく、ああはなりたくないものだな。

「どこにって、君がロイドじゃないか」

「……え？」

ケインに言われて、俺は辺りを見渡していた動きをピタッと止めた。

それから、俺はバッと勢いよく窓に映る自分の姿を見る。

金髪のツンツンとした上げられた髪に、ギロッと威圧感のある目つき。ルビー色をしている耳飾りに、腰に提《さ》げた長剣。

そして、成金のような金の装飾品を数多くぶら下げている。

窓に映っているのは、『最強の支援魔法師、周りがスローライフを送らせてくれない』の悪役ロイドの姿だった。

そういえば、初めに俺の顔を覗いてきた子も、俺を見てロイドと言っていたっけ？

……え、これって、もしかして、ただの異世界転生じゃなくて、悪役転生？

「嘘《うそ》だろ⁈ 俺がロイドなのか⁈ よりによって、なんでロイドだ！」

『最強の支援魔法師、周りがスローライフを送らせてくれない』には、魅力的なキャラもたくさんいるはずだ。

それなのに、なんでよりによってざまぁされる側なんだよ‼

「急にどうしたのよ、ロイド。ほら、今は大事な話の途中でしょうが」

「え？　話の途中？」

俺が頭をガシガシと掻《か》くと、ローブの女の子が呆《あき》れた顔を俺に向ける。

あ、この子、ロイドのパーティにいた魔法使いのレナだ。

「そうでしょ。ケインが無能だから、彼の処罰《しょばつ》を決めてる所じゃないの」

「ケインの処罰？」

俺が首を傾げると、ガタイの良い男に背中をぽんと叩かれる。

「そうだぞ。せっかく良い所なんだ、びしっと決めてやれ」

「ロイドさん。パーティのリーダーとして、言ってあげてください」

その男に続く形で、神官みたいな格好の女の子が続ける。

あっ、こいつら盾役のザードと、神官のエミか。

「びしっと決める？　リーダーとして……」

三人の言葉を整理していく中で、俺は今置かれている状況を察した。

これあれだ。今からケインをパーティから追放する流れだ。

ちらっとケインを見ると、ケインは脅《おび》えるように俺を見ている。

いやいや、おまえのスキルって、全然俺よりも強いじゃん。なんで脅えてんの？

俺は目の前でケインが脅えている意味が分からず、眉をひそめる。

ケインのスキル『支援』は、自身と共に味方を強くするものだ。

このスキルを使った支援魔法が強すぎて、すぐにロイドにざまぁをかます予定なのだが……そうか。このときは、ケインも本当の自分の実力に気づいていないのか。

きっと、今はこのパーティを追い出されたら行く先がないと思っているのだろう。

本当はそんなことはないし、むしろこれから快適な生活が待っているというのにな。

それなら、きちんと送り出すためにも、パーティから追放してやった方がいいか。

「そうだな。しっかり言ってやらないとな」

俺がそう言うと、ケインは諦めたように俯く。

しかし、俺は口を開こうとしたとき、ふと重要なことに気がついた。

……あれ？　ここでケインを追い出したら、俺はどうなるんだ？

確か、ロイドはケインにざまぁされて、闇落ちして死ぬ未来が待っているんだよな？

え、俺死ぬの？

転生したと思ったらすぐに死亡ルートに入るのか、俺？

まてまて、それだけは嫌だ。

俺はちらっと脅えているケインを見て考える。

……もしかして、ケインにざまぁされて、俺が死ぬ未来を変えるためには、ケインをパーティから追放しちゃダメなんじゃないか？

このままケインをパーティにおいておけば、ざまぁされない？

いや、それでも主人公補正のあるケインが近くにいたら、きっとすぐにざまぁ展開に持っていかれる。

そうならないためには、どうすればいいか。

そこまで考えたとき、俺は一つの妙案《みょうあん》を思いついた。

そうだ。きっと、俺がざまぁされないようにするためには、この方法しかない。

俺は大きく頷いて続ける。

「役立たずはこのパーティにはいらない。だから、このパーティから追放しよう」

そう言うと、ケインはうな垂れるようにして膝《ひざ》から崩れ落ちた。

そして、ケインを見て笑い声を上げるメンバーたちの声を聞きながら、俺は続ける。

「今日をもってこのパーティから追放する…………俺をな」

「「「……え？」」」

俺の最後の一言を聞いて、間の抜けたような声が重なった。

そう、俺は自分が生き残るためにパーティから追放することにしたのだ。

……自分自身をな。

よっし。言うことは言ったし、この場を早く去ってしまおう。

そう考えて回れ右をしたところ、ガッと肩を摑《つか》まれて無理やり振り向かされた。

そして、俺はレナたちに肩を強く揺らされた。

「ちょ、ちょっと、何その冗談！　つまんないって！」

「そうだぞ、ロイド！　おまえが追放？　何の冗談だ？」

「ロイドさんはこのパーティの要《かなめ》であり、リーダーですよ！　抜けるなんて何を言ってるんですか！」

面倒ごとを避けようと思って、足早にこの場を去ろうとしたのだが、どうやらそんな簡単にはいかないらしい。

俺はレナたちに引き留められたが、頑《かたく》なに首を横に振った。

どれだけ頼まれても、俺がこのパーティに残ることはない。

というか、一刻も早くケインの側《そば》から離れたい。

ケインと一緒にいたら、いつざまぁされて、破滅エンドを迎えるか分からないしな。

しかし、そんな俺の心情を知らないレナたちは必死の形相《ぎょうそう》で続ける。

「話の流れ的に役立たずを追い出すんでしょ⁉　どう考えても、このパーティの役立たずはケインじゃん！」

レナはケインを強く睨み、ビシッと力強く指さした。

俺はそんなレナの手をそっと下ろさせてから、首を横に振る。

「いや、違う。ケインは素晴らしい後衛職だ」

「は？　何言ってんの？」

レナは俺の言葉に困惑《こんわく》するように眉根を寄せる。

そうだ、重要なことを忘れるところだった。

ただケインのもとを去るだけでは、後で追いかけられてざまぁされるかもしれない。

俺がケインにざまぁされない方法はただ一つ。

これまで馬鹿にしてきた数倍ケインを煽《おだ》てて、立ててあげることだ。

俺はザードやエミにも聞こえるように力説する。

「本当はケインは凄い奴なんだ。俺はその凄さを引き出せなかった。だから、俺がこのパーティを去るんだ！　リーダーとして責任を取らなくてはならないからな！」

俺が悔しそうな表情でぐっと拳を握ると、俺以外のみんながぽかんとしてしまった。

まぁ、突然ケインのことを凄い奴だと言い出されても、ピンとこないだろう。

それなら、一から説明するしかないか。

俺は小さく咳ばらいをする。

「いいか？　ケインの『支援』は普通のスキルではない。これはユニークスキルと言って、ケインしか持っていない特別なスキルなんだぞ」

俺の言葉を聞いたパーティメンバーは目をぱちくりとさせて、互いの顔を見合わせていた。

しかし、俺の言葉が信じられないのか、すぐに怪しむような目を俺に向ける。

どうやら、中でもレナが一番怪しんでいるみたいだ。

レナは一歩前に出ると、再びケインをビシッと指さす。

「確かに、ケイン以外に『支援』を使う人は見たことないけど、別に強いわけじゃないでしょ？」

「いや、強い。俺たちがA級でいられるのも、ケインのスキルがあるからだ」

「ちょ、ちょっと待ってくれ。それはさすがに言い過ぎだろ」

俺が当たり前のように言うと、ザードが慌てるように入ってきた。

自分たちの本当の実力がC級相当だなんて思ってもいないのだろう。

冒険者ランクとは、冒険者の強さによって数段階に分けられるランクのことだ。

冒険者ランクは依頼の達成回数やギルドへの貢献度《こうけんど》、冒険者の実力によって決まる。

本来、俺たちの実力から考えると、冒険者ランクはよくてC級くらいだ。

それなのに、今はケインの『支援』のおかげでA級の位置にいる。

ケインが抜けた後、パーティメンバーは皆C級に下げられることになるのだが、今そのことを伝えても信じてはくれないだろうな。

俺はふむと考えてから、人差し指をピシッと立てる。

「今度ケインのスキルなしでA級のクエストを受けてみろ。すぐにケインの凄さが分かるだろうからな」

「それは、本気で言っているんですか？　冗談とかではなく？」

「ああ。本気だ」

エミの言葉に俺が真剣な顔で頷くと、皆は黙り込んでしまった。

多分、まだ俺の言っていることを信じてはいないと思う。

それでも、俺が本気で言っていることは伝わったみたいだ。

まだ困惑しているようだが、今はこのままでいいだろ。

問題は、放置されているケインの方だ。

俺がぱっとケインの方を見ると、ケインも他のパーティメンバー同様困惑していた。

多分、急に態度が変わったロイドに驚いているのだろう。

俺は咳ばらいをしてから、テーブルに置かれていた今回の報酬の全部をぐいっとケインの方に動かす。

「今まで辛《つら》い思いをさせてすまなかったな、ケイン。これで、ケインの気が収まるとは思わないが、これで少しでも怒りを収めてもらえたら嬉しい」

「え⁉　こ、これでって、どういうことだ？」

ケインは突然の俺の行動に驚きながら、目を見開いて報酬に目を落とした。

「え、ちょっと、これ今回の報酬でしょ⁉　なんでケインに全部渡すのよ！」

「何もしてないのは俺たちの方だったんだよ。今までのケインの扱いを考えれば、これでも少ないくらいだ」

不満がありそうなレナをじろっと睨んでから、俺は自分の指にはまっていた高そうな指輪を外して、テーブルに置く。

「少ないとは思うが、これも足しにしてくれ」

「た、足しにって……」

「今までがおかしかったんだ。本当にすまなかった」

俺は困惑するケインに深く頭を下げてから、振り返って他のパーティメンバーに向かって片手を上げる。

「じゃあな。元気でな、おまえら」

「ちょっと、ロイドさん！　リーダーのロイドさんが抜けたら、このパーティはどうなるんですか?!」

慌てるようにエミに言われて、俺はふむと少し考える。

「リーダーか。うん、リーダーはケインに任せたい」

「え、お、俺？　いや、さすがにそれは……」

「ケインのスキルなしでA級のクエストを受ければ、すぐにみんなはケインをリーダーにしたいと言うはずだ」

戸惑うケインを説得しようとしたが、ケインは中々首を縦に振らない。

俺がどうしたものかと困っていると、見かねたザードがため息を漏らす。

「そこまで言うなら、クエストを受けてみてもいい。それでケインをリーダーだと認められなかったら、またすぐに帰って来てくれよ、ロイド」

「ああ、それでいい。約束するよ」

そんな言葉を残して、俺はその場と『竜王の炎』から去った。

こうして、俺はケインをパーティのリーダーにして、自分が追放されることでざまぁ展開から逃れることに成功したのだった。

成功、したんだよな？

◆◆◆

『竜王の炎』から自分を追放した翌日。

俺は冒険者ギルドのカウンターにいた。

胸にエナと書かれたネームプレートを付けたギルド職員は、俺の言葉に眉をひそめる。

「えっと、もう一度お願いします」

「ですから、冒険者ランクをC級くらいに下げて欲しいんですって。俺はA級冒険者でいられるような力なんてないんですから」

「……聞き間違いですかね？　あの、もう一度お願いします」

「いや、だから――」

俺は冒険者ランクを適切なランクに下げてもらうため、冒険者ギルドに手続きをしに来ていた。

難易度の高い緊急の依頼が発生したとき、A級冒険者だからという理由で召集《しょうしゅう》されでもしたら、ロイドは簡単に死んでしまう。

そうならないためにも、適切な冒険者ランクに下げてもらわなければならない。

だから、自分から申し出れば簡単に冒険者ランクを下げてくれると思っていたのだが、どうやら簡単にはいかないらしい。

エナさんはジトッと何か疑うような目を俺に向ける。

「いつも『なんで俺がS級じゃないんだ！』と騒いでいたのに、急に冒険者ランクを下げて欲しいだなんておかしいですよね？　ロイドさん、一体どうしたんですか？」

「いや、その色々と思うところがありまして」

俺が誤魔化《ごまか》すように視線をエナさんの後ろに向けると、他のギルド職員たちも俺に冷たい目を向けていた。

……どうやら、ロイドはギルド職員にもしっかりと嫌われているらしい。

まさかギルド職員に冒険者ランクを上げろなんてクレームを入れていたとは。

そんな面倒な冒険者なら嫌われても仕方がないよな。

エナさんは納得いっていない様子で眉根を寄せる。

「色々と、ですか」

「そうですよ、色々です。というか、俺たちの本当の実力がA級じゃないことくらい知ってるでしょ」

「え……い、いえ、そんなことは、ないですけど」

俺がそう言うと、エナさんはふいっと気まずそうに顔を背けた。

どうやら、俺の記憶は正しかったみたいだ。

冒険者ギルドも俺たちの本当の実力に気づいているのだろう。

これなら、もう少し押せばいけるはずだ。

「とにかく、お願いします。身の丈に合わない冒険者ランクなんていらないですから」

「……わかりました。そこまで言うなら、冒険者ランクの降格の申し出を受理《じゅり》します」

両手を合わせてお願いすると、エナさんは目をぱちくりとさせてからそう言った。

冒険者ギルドにお願いをするロイドというのが珍しかったのかもしれない。

俺は降格が受理されたことに喜びながら、思い出したように声を漏らす。

「あ、そうだ。俺『竜王の炎』を抜けるんで、その手続きもお願いします」

「え⁉　ぬ、抜けるんですか？　いや、あそこのリーダーって、ロイドさんですよね？」

エナさんは余程《よほど》意外だったのか、声を裏返して驚いていた。

そして、エナさんの声を聞いた後ろの職員たちがざわつき始めた。

まぁ、驚くのも無理はないか。

俺は目を見開いているエナさんを見ながら、言葉を続ける。

「後任として、リーダーにケインを指名したんで問題はないと思いますよ」

「え⁉　ケインさんをですか⁉　な、何がどうしたらそんなふうになったんですか？」

困惑するエナさんにどう説明しようかと考えていると、冒険者ギルドの扉が勢いよく開けられた。

そして、そこにいたのはケインたち一行だった。

「ケイン！　おまえ凄い奴だったんだな‼」

ケインの少し後ろを歩いて煽てているのは、盾役のザード。

そして、その少し前にはケインがいて、その両サイドにはレナとエミの姿があった。

あれ？　二人ともケインと腕を組んでないか？

「ちょっと、こんなに強いなんて聞いてないんだけどー。今日はケインのリーダー就任のパーティーをしないとね」

「ケインさんは陰ながら私たちを守ってくれていたんですね。かっこいいです」

昨日までのケインの扱いはどこへやら、ケインは前のロイド以上にパーティで煽てられていた。

……分かりやすい手のひら返しだな。

「そ、そんな、みんなのおかげだよ」

そんなことを考えながら、照れくさそうに顔を赤らめるケインを見て、俺は安堵《あんど》の笑みを浮かべる。

少し心配だったが、これならケインもあのパーティで上手くやっていけるだろう。

そして、上手くやっていければ、俺にざまぁをしようだなんて思わないはず。

よっし、色々と順調みたいだ。

「あ、そうでした。できれば、どこかのパーティを紹介してもらえませんかね？」

俺はケインたちが楽しそうにやっているのを横目に、エナさんの方に視線を戻す。

すると、エナさんは気まずそうに頬《ほお》を掻いた。

「えーと、それは難しいですね」

「難しい？　ああ、全然強いパーティじゃなくていいですよ。駆け出し冒険者のパーティとかでも問題ないです」

「いえ、そういう問題ではなくてですね……ケインさん以外の『竜王の炎』の皆さんは、他の全パーティからNG出てるんで紹介はできません」

「……え？」

俺は思ってもいなかった言葉を前に、間の抜けた声を漏らした。

どうやら、人の心配をしている場合ではないらしい。

ようやく、俺は自分が悪役に転生したということを実感することになるのだった。

第二話　ユニークスキル『スティール』

「……参ったな」

冒険者ギルドでパーティを紹介してもらおうとしたのだが、ロイドという人物は俺の想像を超えるほど嫌われているらしい。

紹介が無理なら自分の足で何とかしようと思ったのだが、何も知らなそうな冒険者に声をかけても、周りの冒険者に邪魔をされてパーティを組むことができずにいた。

気がつけば、俺の周りには誰も近づかないどころか、俺が近づけば逃げていくような構図が出来上がってしまった。

ガラが悪いのかなと思って、ツンツンの金髪は下ろして威圧感をなくしたはずなのだが、結果は何も変わらなかった。

どうやら、問題は見た目だけではないみたいだ。

多分、これが本来のギルドでのロイドの立ち位置なのだろう。

普通に考えてみれば、毎日のように冒険者に嫌がらせや八つ当たりをしていれば、嫌われない方がおかしい。

……俺自身は何もしてないのだが、これも悪役に転生した定《さだ》めなのだろう。

というか、普通は悪役転生ってもっと幼少期の悪役に転生するんじゃないのかよ。

色々と悪さをした後の体に転生したところで、ここから挽回《ばんかい》をするのは無理なんじゃないのか？

「はぁ。仕方ない。少しの間ソロで活動してみるか」

俺はそんな言葉を漏《も》らして、一人とぼとぼと冒険者ギルドを後にするのだった。


そして、俺は一人で街から少し離れた森の中にやってきた。

街に関する知識や森への道順などはロイドの頭の中にあったので、森までは迷うことなく来ることができた。

俺は辺りを見渡して速くなっている鼓動を落ち着かせる。

俺はこれから異世界転生後、初めての魔物との戦闘をすることになる。

いきなり一人で魔物に立ち向かうのは危険かもしれない。

それでも、俺には何とかなるだろうという確証《かくしょう》があった。

「ステータス」

俺がそう唱《とな》えると、目の前に小さな画面が表示された。

そして、そこには次のような文字が書かれていた。

レベル……４６
攻撃……４５３
防御……３６５
体力……４２３
魔力……３８９
早さ……３７２

「うん。ロイドは雑魚《ざこ》キャラって訳じゃないし、ある程度の戦闘力はあるよな」

ロイドはケインのようなチート染《じ》みたスキル持ちには勝てないが、C級冒険者並みの力はある。

そして、剣も魔法も使える器用さもあるキャラだ。

だから、街から近い森で出てくる程度の魔物相手に苦戦することはないはず。

「さて、問題はスキルだな」

俺は苦笑いを浮かべながら、少し目線を下げる。

すると、ステータスが書かれてある少し下に、スキルに関する情報が書かれていた。


スキル……『斬刃《ざんば》』『瞬剣《しゅんけん》』『基礎魔法』『中級魔法』『スティール』

「なるほど。こんなもんか」

この世界では、魔法はスキルの一つという位置づけになっている。

『基礎魔法』のスキルの中に『基礎魔法　火球』といった具合で魔法が含まれる。

そして、魔法系統のスキルは魔法適性《てきせい》のある者しか使えず、剣士特有のスキルは剣士適性のある者しか使えない。

だから、その両方のスキルを持つロイドは、この世界では珍しい存在だ。

魔法も剣も使える勇者のような存在であることから、ロイドのようなタイプは勇者職と言われている。

そして、ロイドはそれに加えてユニークスキル持ちなのだ。

ロイドが嫌われている原因の一つが、このスキルの悪用だと思う。

「人のスキルを奪う『スティール』。非人道的だよな、これって」

ロイドの『スティール』は人のアイテムを奪う盗賊スキルではない。

ロイドの『スティール』は、人が努力して手に入れたスキルを奪う悪逆非道《あくぎゃくひどう》のスキルだ。

ロイドは気に食わない奴や、逆らってきた奴にこの『スティール』を浴びせて、人のスキルを奪うという嫌がらせをして、ロイドに逆らう奴を黙らせてきた。

そりゃあ、そんなことをしていれば嫌われないわけがないよな。

俺はそう考えながら、スキルが書かれた画面のさらに下を見る。

すると、そこには次のように書かれていた。

『以下、「スティール」で獲得したスキル』


そして、そこにずらりと並ぶ多くのスキルを見て、俺は思わず引いてしまった。

「うわっ、ロイドのやつどれだけスキル奪ってたんだよ」

そこに表示されていたのは、『剛盾《ごうたて》』など適性がないと持てないスキルや、『鑑定』や『調合』など冒険者から奪《と》ったものとは思えないスキルもあった。

とてもじゃないが、人からこれだけのスキルを奪うことなんて俺にはできない。

「……でも待てよ。これって、転生先としてはかなりお得物件なんじゃないか？」

俺はロイドの悪逆非道な行動に呆《あき》れながら、ふとそんな考えをしてしまった。

普通にこのアニメの世界に転生しただけでは、多くのスキルを会得《えとく》するのに時間がかかるし、適性がないと会得できない。

それなのに、それらのスキルがある程度揃っている。

問題は、それらのスキルを俺が上手く使いこなせるかだな。

とりあえず、現段階の強さがどんなものか確認しておこう。

それに、過去にロイドが『スティール』で奪ったスキルが実際に使えるのかも確かめる必要がある。

俺はそんなことを考えて、森の奥へと進んでいった。

森の奥へと進んでいくと、茂みの奥からガサゴソッと何かが動く音が聞こえてきた。

俺は腰に提げている剣を引き抜き、切っ先を茂みの方に向ける。

すると、茂みの中からひょこっと鹿のような魔物が姿を現した。

ちょうど奈良公園にいる鹿くらいの大きさだ。

「とりあえず、こいつの相手をしてみるか」

魔物は俺が剣を構えていることに気づくと、慌てて逃げようと俺に背中を向けた。

この隙《すき》をつかない手はない。

そう思った俺は、すぐさま『スティール』で奪ったスキルの中から、一つのスキルを使用することにした。

「『雷斬《らいざん》』！」

過去に使用したことがあるのか、ロイドの体は考える必要なくスムーズに動く。

俺がスキルを使って剣を振り抜くと、雷をまとった斬撃が魔物に飛んでいった。

ザシュッ！

「ピィィィィ‼」

そして、見事に『雷斬』をくらった魔物は悲鳴を上げ、その場にバタンと倒れた。

どうやら、『雷斬』は広範囲な技ではないが、速さがあるスキルみたいだ。

使い勝手としてはまぁまぁかな。

「やっぱり、『スティール』で奪ったスキルは俺も使えるみたいだな」

まぁ、俺がロイドなわけだし、当然といえば当然か。

魔物を見ながら、俺は剣を鞘《さや》に戻した。

さて、あとは倒した魔物を解体しないとだよな。

生き物の解体なんかしたことないけど、俺にできるのか？

しかし、解体をしようと考えると、不思議とその方法が頭に浮かんできた。

どうやら、ロイドが知っていることなら体が勝手に動いてくれるらしい。

俺は解体用のナイフを取り出して、魔物の近くに腰を下ろした。

そして、ナイフで血抜きをしようとしたとき、ふとその手を止めた。

「……魔物に『スティール』をしたらどうなるんだ？」

いくら便利な能力と言っても、人が努力して得たスキルを奪うのは抵抗がある。

でも、せっかくユニークスキルがあるのなら、有効活用したい。

それなら、魔物のスキルを奪えばいいのではないだろうか？

……いや、ていうか、まず魔物のスキルなんて奪えるのか？

「まぁ、ものは試しだよな」

俺は手のひらを倒れている魔物に向けて、ぐっと腕に力を入れる。

「『スティール』」

俺が『スティール』を使うと、ぱぁっと手のひらが小さく光った。

成功したのか？

すると、突然ぱっとステータスを表示する画面が現れた。

そして、そこには次のような文字が書かれていた。

『スティールによる強奪成功　スキル：強突《ごうとつ》（魔）』

「お、魔物のスキルも奪えるのか……ん？　強突（魔）？　（魔）ってなんだ？」

俺は初めて見る表記を前に首を傾《かし》げる。

とりあえず、解体をしてその後に少し試してみるか？

俺はそう考えて、素早く解体作業を再開した。


「……よっし。とりあえず、解体終わりっと」

俺は倒した鹿の魔物の解体を終えて、一息ついていた。

ロイドが誰かから奪った『鑑定』のスキルのおかげで、魔物のどの部分が金になるのかなどの情報も簡単に調べることができた。

さすがに、狩った魔物の素材全てを持って帰るのは骨が折れるので、金になりそうな部位のみを持って帰ることにしよう。

『鑑定』のスキルって、便利なんだな。『鑑定』のスキルがなければ、余分なものまで持って帰っていたかもしれないし。

やっぱり、転生先としてロイドの体は結構優秀みたいだ。

まぁ、その分どこかで『鑑定』を奪われて困っている人がいるわけだが、これは気にしても仕方がないだろう。

使えるものは何でも使っていかないとな。

俺は解体を終えた鹿の魔物の素材をしまってから、小さく息を漏らす。

「それじゃあ、さっき魔物から奪ったスキルについて考えるか」

先程鹿の魔物から奪ったスキル『強突（魔）』。

奪ったスキル一覧を見ても、（魔）が付くスキルは他に見当たらなかった。

ただの『強突』はあるみたいだけど、一体普通の『強突』と何が違うのだろうか？

同じスキルだったら無印と分ける必要がない気がする。

「まぁ、考えていても仕方がないか。使ってみた方が早いよな。ん？　あれは……」

俺はそう考えて、スキルを試せる魔物を探しに森の奥へと向かった。

そして、しばらく森を歩いた先で魔物を見つけた。

「あれは……狼？　いや、山犬か？」

狼というにしては小ぶりな二体の魔物は、こちらに背を向けて水を飲んでいる。

しばらく観察してみたが、背後から近づいている俺には気づいていないようだ。

「うん。不意打ち狙いで試してみるか」

せっかく、『強突』と『強突（魔）』という二種類のスキルがあるわけだし、比べてみるのもいいだろう。

俺はそろりそろりと魔物たちに近づいてから、気づかれないように剣を引き抜いて、『強突』のスキルを発動させた。

「『強突』！」

すると、俺の体は突きをする姿勢を取った後、一体の魔物に向かって勢いよく突っ込んでいった。

そして、魔物が振り返るよりも先に、力強い突きを魔物に叩きこんだ。

ブシャッ！

「キャンッ！」

俺の突きは魔物の急所を突いたらしく、剣を引き抜くと魔物は力なく倒れた。

なるほど、『強突』は名前通りのスキルみたいだな。

「グルルッ」

「おっと、そうだった。もう一体いたんだった」

俺は隣で唸《うな》りだした声を聞いて、すぐに切っ先をもう一体の魔物に向ける。

もう一体の魔物は、突然仲間がやられたことに驚きながら警戒しているようだった。

そのせいか、すぐにこちらに仕掛けてはこなかった。

それなら、こっちから仕掛けるしかないか。

（魔）と付くスキルが普通のスキルと何が違うのか。それを試させてもらうとしよう。

俺は少し後退《あとずさ》って距離を取る。

「いくぞ、『強突（魔）』！　って、うおっ！」

俺がスキルを発動した瞬間、全身に力がぐっとかかるのが分かった。

そして、俺の体は小さな爆発でも起きたんじゃないかというくらい力強く地面を蹴って、魔物に一直線に向かっていった。

「お、おおおっ！」

時間にして一瞬のこと、地面を蹴った勢いをそのままに、俺の剣は鋭い突きを魔物に食らわせていた。

「ギャんッ‼」

ザアァァアン‼

そして、俺の突きを食らった魔物は後方に吹っ飛び、水辺《みずべ》近くにあった木に体を叩きつけて、そのまま動かなくなった。

「な、なんだ今の突きは」

どう考えても先程の『強突』とは別物のスキルだ。

いや、全く別物という訳ではないのか。強化版？　みたいな感じだった。

「……もしかして、魔物が使うスキルって、同じスキルでも人間のよりも強いのか？」

ということは、倒した魔物のスキルを奪いまくれば、俺ってかなり強くなれるんじゃないか？

これって、かなりチートなのでは？

俺は思いもしなかった展開を前に、笑みを浮かべた。

「まさか、魔物から奪ったスキルがここまで強いとはな」

でも、なんで魔物から奪ったスキルの方が強いんだ？

俺はしばらく考えてから、一つの仮説を立てた。

「人間と魔物は筋肉量も魔力量も違う。当然、スキルを使ったときの威力も違う……もしかして、ロイドの『スティール』はその威力をそのまま盗むことができるのか？」

詳しい原理《げんり》は分からないが、それなら魔物から奪ったスキルが強いのも納得がいく。

そうなってくると、ロイドの『スティール』も中々チート染みているな。

……うん。嫌われ者だということを除けば、転生先としては当たりかもしれない。

「それじゃあ、今度はこいつらのスキルを奪うとするか」

俺は目の前に転がっている魔物に手のひらを向けて、ぐっと力を入れる。

「『スティール』」

俺が『スティール』を使うと、手のひらがぱぁあっと微《かす》かに光った。

そして、ステータスを表示する画面が目の前に現れた。

そこには次のように書かれていた。

『スティールによる強奪成功　スキル：風爪《ふうそう》（魔）』

「風爪、か。さて、どんなスキルなのか……」

なんとなくスキル名から想像はつくが、実際に使ってみないことには分からない。

俺は辺りを見渡して、ちょうど良い的《まと》がないか探してみた。

すると、そこには先程『強突（魔）』を使ったとき、魔物が体を叩きつけた木が立っていた。

うん、試しにはちょうどいいかもしれないな。

俺はそんなことを考えながら鞘から剣を引き抜いて、軽く振り上げた。

「『風爪（魔）』！」

ザシュッ‼

俺が剣を振り下ろすと、斬撃が勢いよく木に向かって飛んでいった。

そして、その斬撃は鈍い音と共に木に深い刀傷を残した。

木の幹が太かったせいか折れることはなかったが、ただ魔物が悪戯《いたずら》に引《ひ》っ掻《か》いたにしては深すぎる傷跡だ。

「……これ、ほんとにチート過ぎるスキルだな」

木に付けられた刀傷を撫でながら、俺は感心するように息を漏らす。

「ん？」

足元に目を落とすと、スキルを奪っていないもう一体の魔物の死体が転がっていた。

俺はじぃっと魔物を見ながら少し考える。

「こっちの魔物にも『スティール』をすると、どうなるんだ？」

また『風爪（魔）』のスキルを奪うことになるのだろうか？

いや、可能性は低いか。
ぱっとスキル一覧を見た感じだと、被っているスキルというのは見当たらなかった。
そうなると、スキルを重複して覚えることはできないのだろう。
でも、奪ったスキルが被っていたらどうなるのだろうか。
『スティール』が失敗として終わるとか？
……何事も試してみないことには分からないよな。
俺はそう考えて、そっと手のひらを足元の魔物に向けた。
「『スティール』」
俺が『スティール』を使うと、手のひらが微かにぱぁっと光った。
あれ？　成功したのか？
目の前に現れたステータスの画面を見ながら、俺はそんなことを考える。
しかし、そこに表示された画面は意外なものだった。
『スティールによる強奪成功　スキル：風爪（魔）』
『スキル重複によりスキルを統合。レベルアップ。　スキル：風爪（魔）』
「レベルアップ？」
俺は初めて見る事態《じたい》を前に首を傾げる。
……確か、この世界のスキルってレベルアップとかしなかった気がするんだけど。
一体、何がどうなっているんだ？

俺は予想外の展開を前に眉をひそめる。

しかし、どれだけ考えてみても、その答えが分かる気がしなかった。

俺は諦めるようにため息を漏らす。

「でも、レベルアップしたってことは、何か違うってことだよな」

俺は『風爪（魔）』で傷をつけた木を見てから、辺りをきょろきょろと見渡す。

「あ、あれが同じくらいの太さの木か」

表記上は何も変化が見られないレベルアップ。

しかし、レベルアップしたというのに何も変わらないなんてことはないはずだ。

それを確認するために、俺はさっき『風爪（魔）』をぶつけたのと同じくらいの太さの木に、レベルアップした『風爪（魔）』をぶつけてみることにした。

「さて、どうなるか見ものだな」

俺は剣を軽く構えて、先程と同じ要領《ようりょう》で『風爪（魔）』のスキルを使用する。

「『風爪（魔）』！　ん？　おおっ！」

俺が剣を振り下ろした瞬間、さっきの『風爪（魔）』よりも数段階威力のある斬撃が木に向かって飛んでいった。

バギャッ!!

勢いよく飛んでいった斬撃は木を捉えると、鈍い音を奏でる。

メリッ、バキバキッ、ズーンッ！

そして、レベルアップした『風爪（魔）』は、さっきは傷をつけることしかできなかった太さの幹を簡単に切り倒したのだった。

「……まじか、レベルアップ」

俺は目の前で起こる事態についていけず、引きながらそんな声を漏らすのだった。


「ふうっ、初日にしちゃ上出来だな」

俺は倒した魔物の素材を売って、冒険者ギルドで少し早い夕食を食べていた。

ただご飯を食べているだけでは暇だったので、ご飯を食べながらぼうっと自分のステータスを表示させて眺めていた。

「上限、ねぇ」

俺は『スティール』で魔物から奪った『風爪（魔）』というスキルを見ながら、そんな言葉を漏らしていた。

スキルがレベルアップした後、俺は山犬のような魔物を探して、もっと『風爪（魔）』のスキルのレベルを上げようとした。

しかし、ようやく見つけた魔物を倒して『スティール』を使ったとき、思いもしなかった画面が表示された。

『スキル重複によりスキルを統合×。理由　レベルアップ上限のため。　スキル：風爪

（魔）』

どうやら、スキルはレベルアップできる上限があるらしい。

スキルによってレベルアップできる回数が違うのか、レベルの上限を迎えたスキルは進化などすることができたりするのか。

そこらへんはまだまだ分からないことばかりだ。

まぁ、ゆっくり解明《かいめい》していけばいいか。

「……それにしても、ただ飯を食べてるだけでこんなに注目を集めるのか」

俺がずっとこちらを見ている冒険者をちらっと見ると、俺と目が合った冒険者は慌てて視線を逸《そ》らした。

俺を見ていた別の冒険者を見ると、その冒険者も誤魔化《ごまか》すように視線を逸らした。

一番目立たない端の席に座っているのに、こんなに視線を集めてしまっている。

そんなことを考えながら、俺はひと際賑《にぎ》やかな卓の方に視線を向ける。

……あれだけ騒いでいるところに、俺がいないのが不思議なんだろうな。

俺の視線の先には、昨日まで俺が所属していたパーティである『竜王の炎』のメンバーたちがいた。

「良い飲みっぷりだ、ケイン！　さすが今日のＭＶＰ‼」

ザードは大きなジョッキを呷《あお》って、酒を流し込みながら大声で笑っている。

そして、ケインの両隣にはやけに距離が近いレナとエミの姿があった。

「ケイン強すぎー。今日とか凄いかっこよかったんだけど」

「ケインさんのおかげで今日も勝てましたね。凄く頼りになります、ケインさんっ」

……キャバクラかな？

そう思ってしまうくらい、体を寄せているレナとエミ。

「ははは、そうかな？　かっこよかった？」

そして、ケインは満更でもなさそうな顔で酒を楽しそうに飲んでいた。

他の席の客たちは、ケインがパーティの中心にいる光景を見て、驚き過ぎて固まってしまっていた。

どうやら、俺以上にケインの方が視線を集めているみたいだ。

それにしても、随分と楽しそうに飲んでいるな。

俺はそんなことを考えながら、感慨《かんがい》深い思いで笑みを浮かべる。

ケインの奴、ちゃんとあのパーティで居場所を見つけたみたいだな。

随分とはしゃいでいるように見えるけど、たまにはああいうのも必要だろう。

今まで抑圧されていただろうし、今日くらいは楽しんでもいいはずだ。

そんなことを考えて、俺はパーティメンバーに気づかれないうちに、お勘定《かんじょう》を済ませて冒険者ギルドを後にした。

俺はぐっと伸びを一つしてから、ゆっくりと街を歩き出す。

「どこか安い宿でも探さないとなぁ」

昨日まで泊まっていた宿はやけに設備が整っていたが、無駄に値段が高い宿だった。

今後はソロで活動することになるわけだし、今までのようにクエストを受けるのも難しいだろう。

そうなると、極力安い宿に泊まって出費を抑えないとな。

それこそ、アニメの序盤の方でケインたちが泊まっていたような寂《さび》れた宿にでも泊まらないと——ん？

「そういえば、ケインがパーティを追放されなかったら、本来ケインと旅をするはずだったヒロインたちはどうなるんだ？」

俺はふとそんなことを考えた。

そして、主人公とヒロインたちの出会いを思い出す中で、俺は最悪の展開を想像してしまうのだった。

第三話　悪役、ヒロインと出会う

I was reincarnated as the leader of a villain party that specializes in banishment, so I banished myself before I got my comeuppance.

俺は冒険者ギルドを出るなり、街を出て森の中を走っていた。

このアニメのヒロインたちがケインに出会わなかったらどうなるのか気になった俺は、そこで重要なことを思い出した。

そしてその結果、最悪の事態《じたい》を想像してしまい、居ても立ってもいられなくなり、夜の森でヒロインを探していた。

このアニメでケインが最初に出会うヒロインは、リリナという獣人キャラだ。

銀色のもふもふとした耳と、ふりふりとした尻尾《しっぽ》が特徴的な中学生くらいの女の子。

犬のように人懐っこい性格をしていて、主人公と最も距離が近いヒロインだ。

確か、主人公とリリナは森の中で出会う設定だった。

リリナが病で倒れた母親のために秘薬《ひやく》と言われる薬草を摘《つ》みにいったとき、魔物に襲われそうになる。

そこに主人公のケインが助けに入って、二人で協力して魔物を倒して、薬草を摘みに行くのだ。

そして、母親と自分を助けてくれたことに恩を感じて、主人公に恩を返すために一緒に旅をすることになる。

「本来のアニメなら、そうなるはずなんだけどな……」

でも、追放されるはずのケインが追放されず、パーティに残ることになった。

そうなった場合、リリナは一体どうなるのか？

主人公の助けが入らない場合、リリナは一人で魔物を倒せない。

……明らかにマズいよな。

最悪の事態を考えてしまい、俺は息を切らしながらリリナの姿を探していた。

「頼むから、無事でいてくれよ」

もしものために色々と買ってはきたが、使わないに越したことはない。

俺はそんなことを祈りながら、暗い森の中をランプで照らしながら歩いていく。

すると、崖の下で小さな影が蹲《うずくま》っているのを見つけた。

「あれは……っ」

俺はその小さな影に目を凝らして、勢いよく駆け出した。

すぐ近くまで来て、ランプでその姿を照らしてから、俺は歯ぎしりをする。

「はぁ、はぁ、嘘《うそ》だろ。悪い冗談はやめてくれよ」

そこにいたのは、体が傷だらけになっているリリナだった。

傷跡が痛々しく、まだ血が止まっていない個所も多々ある。

「おい、リリナ！　生きてるか?!」

「っ……」

俺が体を揺すると、リリナは傷が痛むのか顔を歪《ゆが》ませた。

息はあるみたいだけど、目は閉じたままだし、意識があるのかも怪しい。

駆けつけるのがあと少し遅れていたら、どうなっていたか分からないくらい重傷だ。

「どうやら、色々買ってきておいて正解みたいだな」

俺は鞄《かばん》をドカッと置くと、そこから色々と買ってきたポーション類を取り出す。

ろくに手持ちの金はなかったが、無駄にあった装飾品を売ることで資金の調達をすることはできた。

ケインの分まで報酬《ほうしゅう》を奪っていたはずなのに、なんで手持ちが少ないんだろうな。

俺は包帯をポーションに浸《ひた》して、痛々しい傷がある所に巻いていく。

「……本当は少しでも飲んで欲しいんだけどな」

確か、このアニメではポーションを飲んでいた記憶がある。

きっとポーションは飲むのが正しい使い方なのだろう。

「意識が戻るまでは、ちまちまポーションに浸した包帯を替えて看病《かんびょう》するしかないか」

さすがに、意識がない人の口にポーションを流し込むのは危険だよな？

いや、少しでも体内から吸収してもらった方がいいのか？

そう思ったので、俺は痛々しい体を抱いて、口にポーションを少し流し込んだ。

「そうだ。少しずつでいいから飲んでくれ」

リリナの喉が小さく動いたのを確認して、俺はまた少量のポーションを流し込む。

そんなことを繰り返したり、ポーションに浸した包帯を巻きなおしたり、襲ってこようとする魔物を追い払ったりしているうちに、あっという間に夜が明けてきた。

リリナは明け方にはすっかり寝息も落ち着いて、心地よさそうな顔で眠っていた。

そんな寝顔を見て緊張の糸が切れたのか、急に襲ってきた睡魔に負けるように瞼《まぶた》が重くなってきた。

あ、だめだ。意識が遠のく。

そこでぷつんと俺の意識は途切れた。


「あのー……あのー」

「ん？」

俺は体を揺らされて、すっかり寝てしまっていたことを思い出した。

「あ、やべっ、寝ちゃってた」

慌てて目を開けると、そこには申し訳なさそうに俺を覗《のぞ》き込《こ》む顔があった。

「私を助けてくれたんですよね？　ありがとうございます」

「っ……んっ」

そこにいたのは、画面越しに何度も見たリリナだった。

整った可愛《かわい》らしい顔に覗かれて、俺は一瞬言葉を失った。

ぴんっと立った銀色の耳も、ふりふりと可愛らしく動いている尻尾も、アニメで見たリリナそのものだった。

俺が何も言えずにいると、リリナは首を傾《かし》げて何かに気づいたような声を漏《も》らす。

「あれ？　金色の髪にルビー色の耳飾り……もしかして、噂の『竜王の炎』のロイドさん、ですか？」

そして、リリナの眉が微《かす》かに下がったのを見て、俺は別の意味で言葉を失った。

俺は軽くぺちんと片手で自分の顔を叩いてから続ける。

「噂のって、どんな噂だ？」

「え、ええっと……」

俺がそう聞くと、リリナは気まずそうに俺から視線を逸《そ》らした。

その反応を見るだけで、何となく察しがついてしまった。

どうやら、ギルドの嫌われ者という認識は間違っていたみたいだ。

ロイドの悪評はギルドだけにとどまることなく、街全体に広まっているらしい。

そう言われれば、確かアニメでもロイドが市場で異常なくらいに値引きをさせたり、店の商品に当たるシーンなんかもあった気がする。

そりゃあ、悪い噂も広がるよな。

「はぁぁ」

そうだよな。悪役転生だもんな。

俺が深くため息を漏らすと、リリナは小さくびくっと体を跳ねさせた。

ちらっとリリナの表情を窺《うかが》うと、顔が強張《こわば》っていた。

どうやら、怖がらせてしまったみたいだ。

ため息一つでそんなに驚かなくてもいいのになぁ。いや、作中のロイドの性格を考えれば、怖がらない方がおかしいのかもしれないな。

「あれ？　このポーションの瓶って……」

俺がそんなことを考えていると、リリナがあたりに落ちているポーションの空瓶の存在に気づいたようだった。

数にして十数本くらいだろうか？

「ん？　ああ、心配するな。ちゃんとごみは持って帰るから」

「ごみ？　え、これ全部空瓶ですか⁉　もしかして……これ、全部私に？」

「まぁ、そうだけど」

リリナは目を見開いてポーションの空瓶を見ていた。

それから、リリナはしばらく固まった後、ハッとしたように俺に視線を戻す。

「な、なんでこんなにポーションを使ってくれたんですか？」

「なんでって、使わなかったら死んでただろ、おまえが」

「そういう意味じゃなくて！　これだけのポーションって、いくらしたんですか？　結構しますよね？」

「まぁ、それなりにはな」

無駄にあった装飾品を売った金をそのままポーションにつぎ込んだので、額としてはそれなりの額がいってしまった。

ただそのおかげもあってか、傷だらけだったはずのリリナの体に目立つ傷は残っていなかった。

さすが、ポーションというだけはあるな。

急いでいたから、店にあるやつを適当に選んで買ってきたが、結果として良い方向に転んだらしい。

まぁ、あれだけの状態だったわけだから、まだ体の内側まで完治しているかどうかは怪しいけどな。

俺がポーションの効果に感心して頷《うなず》いていると、リリナが勢いよく頭を下げた。

「すみません！　助けてもらったのはありがたいのですが……返せるだけのお金がなくて……」

「ん？　ああ、それは気にするなって。そんなの知ってるから」

「え？」

リリナの暮らしが裕福でないことは、アニメを観ていた俺には分かっている。

だから、特に見返りを求めたわけではないと言って安心させようとしたのだが、リリナはきょとんとした顔を俺に向けていた。

ああ、そうか。リリナの家の経済状況を知ってるのはおかしいか。

俺は少し考えてから、それっぽい言い訳を述べることにした。

「冒険者でもないのに魔物がいる森の中に入ろうってのはおかしいだろ。金があるのなら、冒険者ギルドに依頼を出せばいいんだからな」

「え？　あ、そ、そうですね。なるほど」

リリナは納得してくれたのか、こくんと頷いてから俺をじっと見る。

……なんでこんなに見られてるんだ、俺。

しばらくの間真剣な瞳で見つめられた後、リリナはうんっと小さく頷く。

「あの、大したお礼はできませんけどよかったら家に来ませんか？　クッキーくらいはお出しできるので」

「クッキー？　あ、あのクッキーか！」

俺は少し首を傾げてから、勢いよく立ち上がる。

主人公のケインがリリナと共に秘薬を取りにいった帰り、お礼にと家に招かれてクッキーを貰うというシーンがあった。

確か野いちごとかの果物が使われていて、凄く美味しそうだったことを覚えている。

まさか、異世界作品の聖地巡礼ができるとは！

「行こう行こう！　あのクッキー食べてみたかったんだよ！」

「そ、そんなに期待されるほどのものじゃないですよ？　でも、くすっ」

「ん？　どうした？」

俺がワクワクとした様子でいると、リリナは少し戸惑ってから笑い声を漏らした。

あれ？　俺何かおかしなこと言ったか？

そう考えて首を傾げると、リリナは慌てるように笑みを隠す。

「な、なんでもないです。行きましょうか」

「おう。案内を頼む」

こうして、俺はヒロインのリリナを助けたお礼として、クッキーをいただきにリリナの実家にお邪魔することになった。

簡単な自己紹介や、リリナの普段の生活などを聞きながら歩いて行くと、あっという間にリリナの実家に到着した。

本当はあっという間というほど近くはなかったが、好きなアニメのヒロインと会話をしながら歩くという体験は、体感五分くらいだったかもしれない。

「おお、ここがリリナの家か」

俺は初めて生で見たリリナの家を前に、感動の声を漏らしていた。

大きいとは言えない家ではあるが、自然と調和したような良い造りをしている。

そういえば、リリナの家は少し街から外れた所にあるんだったな。

リリナに家の中に通された後、俺は窓から見える木々を眺めながら、そんなことを思い出していた。

「狭い所で申し訳ないですけど、くつろいでいってください。あっ、少しだけ外しますね」

リリナは申し訳なさそうに言うと、俺を部屋に残して奥の部屋に行ってしまった。

リリナが去り際に見せた表情は、初めに俺に向けていたような脅《おび》えたものではなくなっていた。

これも、道中で色々と話したおかげかもしれない。

……うん、ヒロインに脅えられるって結構ショックだったから、早めに距離が縮まってよかったぞ、本当に。

俺はそんなことを考えながら、リリナが入っていった部屋を見つめる。

……あそこが母親が寝ている部屋か。

確か、リリナは病気の母親のために秘薬を求めて森を彷徨《さまよ》っていたはずだ。

耳を澄ませると、リリナが大人の女性と会話をしているのが分かった。

どうやら、状況はアニメと変わっていないみたいだ。

主人公のケインがリリナを助けるところ以外は。

それにしても、主人公の代わりに悪役がヒロインを助けるってどんな展開だよ。

俺はリリナから貰ったお茶を飲みながら、今の状況に小さく笑みを浮かべていた。

それからしばらくして、リリナがパタパタと俺のいる部屋に戻ってきた。

「お待たせしました。今からクッキー作るので、ゆっくりしていてください」

「そんな急がないでいいって。ていうか、俺も何か手伝おうか？」

「いえいえ！　お客様にそんなことはさせられませんから！」

リリナは顔の前で手をブンブンと振って、椅子《いす》から立ち上がった俺を制した。

「いたっ」

「リリナ⁉　やっぱり、まだ痛むのか？」

「い、いえ、少しなので問題ないですよ」

俺が慌ててリリナの容態を診《み》ようとすると、リリナは誤魔化《ごまか》すように笑みを浮かべて自身の手を撫でる。

明らかに無理をしている表情を見て、俺は眉根を寄せる。

「昨夜あれだけ怪我《けが》をしたんだから、一日やそこらで回復しきるはずがないよな。無理してクッキー作らないでいいって。寝て休んでいた方がいいんじゃないか？」

「いえ、せっかく楽しみにしてくれているので作らせてください。それに、獣人って人間よりも回復が早いんですよ」

リリナはおどけるように笑っているが、その笑顔が少しぎこちなかった。

とりあえず、追加のポーションが必要だろうな。

でも、ポーションを用意しようとしても、もう金がないんだよなぁ。

「ん？」

そう考えたとき、首元に何か違和感がある気がした。

「あっ、まだあった」

「ロイドさん？」

「少し待っていてくれ。うん、クッキーが焼けた頃に戻ってくるからさ」

どうやら、まだ装飾品を身に着けていたみたいだ。

俺は首飾りを握って、首を傾げているリリナを残して一度街に戻ることにした。


「どんどん手持ちの物がなくなっていくなぁ」

俺は一人街に戻って、そんなことを呟《つぶや》いた。

『初めて会った子にここまでする必要はあるのか？』

何も知らない人が今の俺を見れば、きっとそう思うのだろう。

しかし、俺には何をしてでもリリナを助けたいという強い思いがあるのだ。

俺のしていることは、一方的に感じた恩を返しているだけ。

さすがに、正義感だけでここまでのことができるほど俺は聖人ではない。

俺が悪役に転生してしまったのも、俺がアニメの主人公のように正義感だけで動けないからなのかもしれない。

アニメの主人公とかって、初めて会った人のために命を懸《か》けたりするもんな。

多分、そんなことをやれと言われても、俺にはできないだろう。

俺は自分の情けなさに苦笑いを浮かべてから、目的の店の扉を押した。

「いらっしゃ――げっ！」

「いや、『げっ！』は失礼だろ。いちおう客ですよ、客」

街についた俺は、真っ先に質屋を訪れた。

昨日も訪れた客だというのに、質屋の店主は俺を見るなり表情を歪ませた。

一体、俺が何をしたというのだろうか。

「な、なんだよ、ロイド！　買い取った分の金は昨日全部渡しただろ！　いつものやり口で、昨日の分の金に納得いかないから増額しろと脅されても、今日という今日は払わないぞ！」

「いつものやり口って……相変わらず、やることえげつないな」

店主は両手で顔を隠して俺から顔を背けると、小さく震えていた。

一体、これまでロイドにどんな悪逆非道《あくぎゃくひどう》なことをされてきたのだろうか。

店主の反応を見ると、いよいよ笑えないな。

俺はカウンターテーブルの前に立つと、首飾りを外してそれを店主の目の前に置く。

店主は指のすき間からちらっと俺を見てから、首飾りに視線を落とした。

「……これは？」

「これ買い取ってくれます？　お金が必要でして」

俺がそう言うと、店主はおっかなびっくりといった感じで首飾りに手を伸ばす。

そして、色んな方向から首飾りを見た後、ルーペのような物を取り出してよく観察していた。

「これ、ブランド物じゃないか。本当に売るのか？」

「ああ、ブランド物なんですか。まぁ、ただの装飾品ならいらないかなと」

「い、いらない？　『ブランド物の装飾品は金持ちの証だ！　おまえらとは稼ぎが違うんだよ！』とか言っていたロイドが？」

「ぐっ！　確かに言いそうだな、ロイドの奴」

四方八方を敵に回すようなことを口走っていたのか、ロイドの奴は。

まぁ、イメージ通りと言えばイメージ通りだけど。

「とにかく、気にしないでください。いらないから、買い取りをお願いします」

「そういうことならいいけど……なんで昨日からずっと敬語なんだよ。調子狂うなぁ」

質屋の店主はそう言いながら、また視線を首飾りに落とした。

それからしばらくして、店主は顔を上げて俺を見て小さく唸《うな》る。

「なんですか？」

「いやぁ、その、なんだ」

店主は煮えきらない態度で腕を組み、俺をじっと見てから言葉を続ける。

「……通常の買い取り額の一・二倍の値を付けよう」

「本当ですか⁉　ありがとうございます！」

「いい、いいから。畏《かしこ》まった感じはやめてくれ、気持ち悪い」

俺が深く頭を下げると、店主は複雑な顔でそう言った。

いや、気持ち悪いはひどくないか？

一瞬そう思ったが、悪役のロイドが質屋の店主に頭を下げるなんて確かに気持ちが悪いかもしれない。

そんなことを考え、俺はポーションを買いに薬屋に急ぐのだった。


「いらっしゃ――うげっ！」

「いや、『うげっ』て。さすがに嫌われ過ぎじゃないか？」

薬屋に入った俺は、さっきの質屋同様に歓迎されていないようだった。

店主は俺をキッと睨《にら》んでから、顔をガードするように両腕で隠す。

「『昨日買ったんだから、今日は無料でポーションを寄こせ！　店にあるもの全部だ！』って言われても、今日はポーションはやらないぞ！」

「言わない。言いませんから」

なんでみんな俺と会うと顔を隠すんだよ。

なんだ？　ロイドは店員の顔面を殴る癖でもあったのか？

俺は小さくため息を漏らしてから、店主がいるカウンターまで距離を詰める。

「ポーションを買いに来たんですよ。瀕死《ひんし》状態だった獣人の子に昨日買ったポーション全部使っちゃったんで、新しいのが欲しくて」

「え⁉　昨日買ったやつ全部使ったのか？」

「あれ？　もしかして、用量多いとマズかったりしました？」

俺がさらりと昨日起きたことを言うと、店主は目を見開いていた。

初めて使うだけあって、ポーションの使い方が雑だったのは否《いな》めない。

使い過ぎて副作用が出ることでもあるのだろうか？

俺が心配になって前のめりになると、店主は首を横に振る。

「いや、ポーションの場合は使い過ぎて体が悪くなることはないけど……普通はもったいなくて躊躇《ちゅうちょ》するだろ」

「あー、まぁ、色々とありまして」

まぁ、普通は躊躇《ためら》うかもしれないな。

俺はどう答えようかと考えながら、店に並ぶポーションに目を向ける。

「そうでした。あれだけポーションを使っても、まだ体に不調があるっぽいんですけど、何か良い商品あったりしますか？」

俺が分かりやすく話を逸らすと、店主はそれ以上追及することはなかった。

代わりに腕を組んで少し唸った後、顔を上げて俺を見る。

「値段を気にしないっていうのなら、あることはあるけど……さ、さすがに、脅されても高いポーションは無料でやらないからな！」

「だから、買いに来たんですってば。これで足りますか？」

俺が換金したばかりのお金をカウンターに置くと、店主は一瞬言葉を失った。

俺も換金してもらったお金が普通の額ではないということは分かっていた。

「……この金、どこから奪ってきたんだ？」

「奪ってないですから！　首飾りを売ったんですよ」

「売った？　あの金色のやつをか？　『金の装飾品も持たない奴は死んだ方がいいぞ、貧乏人』って街の人たちによく言っていたのにか？」

凄く既視感《きしかん》を覚える言葉を聞いて、俺は頭を抱える。

なんでそんなに周りに敵ばっか作るんだよ、ロイドの奴は。

俺は誤魔化しきれない気がしたので、強引に話を進めることにした。

「それで、さっき話した獣人の子が良くなるようなポーションって、そのお金で足りますか？」

「足りることは足りるけど、本当に買うのか？」

「ええ」

「……少し待ってろ」

店主はそう言うと店の奥に入って、木箱に入った高そうなポーションを持ってきた。

店に並べていないあたり、値段も効果も期待してもいいだろう。

俺がそのポーションを眺めていると、店主がまた店の奥に向かった。

「あれ？　店主さん？」

「さん付けはやめてくれ。気持ち悪い。もう少し待ってろ」

いや、気持ち悪いは失礼じゃないか？

そう考えながら何も言わずに待っていると、店主はまた店の奥に引っ込んでいくつかのポーションを抱えて現れた。

「それは？」

「使用期限が近い残り物だ。もってけ」

「いいんですか⁈　ありがとうございます！」

「いい、いいから頭下げるな。これだけ金使ってもらったら、普通おまけくらいするから」

俺が深く頭を下げると、店主は俺に数本のポーションを押し付けるように渡してきた。

俺は箱に入った物と、残り物として貰ったポーションを荷物にしまって、急ぐように店を後にするのだった。


「あっ、ロイドさん。丁度クッキー焼けましたよ」

「おお、よかった。冷めちゃったら悪いからな」

「そんな大したものじゃないですって」

俺がリリナの家に戻ると、リリナが新しいお茶とバターのような良い香りがするクッキーを準備してくれていた。

アニメと同じく果物が使われているらしく、彩《いろど》りも可愛らしいクッキーだ。

さっそく椅子に座って、まだ温かいクッキーを口に運ぶ。

「うまっ、これがあのときのクッキーか！」

ベリー系の果物の甘酸っぱさが程よく、さっぱりとしたお茶とよく合う。

まさか、アニメで見たヒロインが作ったお菓子をこうして食べることができるなんて思いもしなかった。

「大袈裟《おおげさ》すぎですよ。ん？　あのとき？」

リリナは俺の言葉を聞いて、照れくさそうに笑ってから首を傾げる。

まぁ、リリナにあのときと言っても伝わるわけがないよな。

「あ、そうだ。これ飲んでおいてくれ」

俺はクッキーの食感と味を楽しみながら、荷物から箱に入ったポーションを取り出す。

「えっと、これは？」

「ポーションだよ。薬屋に聞いて良いのを買ってきたんだ。それを飲めば、内側の傷も治るだろうってさ」

わざわざ店主が店の奥から持ってきたのだから、きっと良いものに違いない。

昨夜の傷も早く完治するだろう。

「……あの、一つ聞いてもいいですか？」

「ん？　どうした？」

「なんで、私にこんなに良くしてくれるんですか？」

俺が顔を上げると、リリナが眉根を寄せて俺をじっと見ていた。

困惑《こんわく》しているような表情に、俺もお茶を飲む手を止める。

「私、木箱に入ったポーションなんて初めて見ました。これって、相当高いんじゃないですか？」

真剣な瞳で見つめられて、俺は視線を逸らす。

ここで高かったことを認めたら、リリナはそのことを気にして、ポーションを飲もうとしない気がした。

「いやー、そんなこともなかったかも」

「……首飾りはどうしたんですか？」

「お、落とした」

リリナは俺の言葉を聞いて、ジトッとした目を向けてきた。

ダメだ、完全にバレてるな。これは。

それからしばらく沈黙があって、リリナは顔を俯《うつむ》かせる。

「命を助けてもらっただけでも返しきれない恩なのに、理由もなくこんなに高価な物まていただけませんよ……私に返せるものが何もありません」

リリナはそう言うと、小さく首を横に振る。

確かに、冷静に考えれば初めて会ったばかりの子にここまでするのは異常だ。

見返りを求めない聖人みたいな行動は、物語の主人公にしか似合わない。

街中から嫌われているロイドが取る行動ではないよな。

俺は腕を組んで少し考えてから、諦めるように声を漏らす。

「理由があればいいのか？」

俺がそう言うと、リリナは顔を上げて俺を見る。

大きく開かれた目に急《せ》かされて、俺は小さくため息を漏らしてから言葉を続ける。

「昔な、色々あって疲れて限界がきたときがあったんだよ。本気で死のうかと思ったこともあった」

ブラック企業に勤めていたとき、過度な残業と上司からのハラスメントで心が病んでいた。

働いているか、飯を食べているか、寝ているかだけの日々を過ごしていくうちに、生きている意味を失いかけていた。

「でもな、そのときに心を支えてくれたのが、リリナみたいな子たちだったんだよ」

何となくテレビをつけたら、やっていた深夜アニメ。

それが、『最強の支援魔法師、周りがスローライフを送らせてくれない』だった。

ざまぁの悪役に上司を重ねて、可愛いヒロインに囲まれる主人公を自分に重ねてアニメを観ることで、俺は何とかクソみたいな現代社会で生きていくことができた。

このアニメがなければ、とっくに心を壊して命を絶っていたかもしれない。

それくらい、俺にとってこのアニメの存在は大きなものだった。

だから、そのアニメに出てきたヒロインたちが死にそうだというのなら、無償で手でも何でも貸すだろう。

今まで助けてもらったのだから、当然その借りを返す必要がある。

というよりも、借りを返したいのだ。

「今俺がしていることは、そのときの恩返しなんだ。だから、受け取って欲しい」

俺がポーションをリリナの前に置くと、リリナは戸惑いがちに俺を見つめる。

「でも、私はその子じゃないですよ？」

「ふっ、そうか。そうかもな」

「あれ？　私、何かおかしなこと言いました？」

俺が思わず笑い声を漏らすと、リリナは不思議そうに首を傾げる。

そうだよな。普通はそういう反応になるよな。

リリナはアニメの中でただ主人公と旅をしていただけ。

それなのに、そこに勝手に自分を重ねて元気を貰っていただなんて言われても、困らせるだけかもしれない。

そして何より、現時点ではリリナは主人公と旅をするということを知らないのだ。

きっと、俺の方がおかしくて、リリナの方が正しい反応なんだと思う。

俺はそんなリリナを見ながら続ける。

「どうやら、その子は俺を助けたと思ってないみたいなんだ。俺に恩を返して欲しいと思ってもいない。だから、代わりにリリナにそのときの恩を返そうと思ってな。俺の自己満足に付き合ってくれると助かる」

「でも……」

俺がそこまで言っても、リリナはポーションを受け取ろうとしなかった。

まぁ、突然色々言われても困るよな。

というか、悪役が口にするような言葉じゃなかったか、今のは。

もしかしたら、変に警戒されてしまったかもしれない。

もっと悪役のロイドっぽい感じに話した方がいいのか？

俺はそう考えてから、小さく咳ばらいをして眉間に力を入れる。

「言っておくが、拒否権はないぞ。昨夜あれだけポーションを使ったんだ。万全に回復してもらわないと、昨夜使ったポーション代がもったいないだろ。昨夜のポーション代を返せないなら、黙ってこれを受け取るんだな」

俺がそう言ってリリナを見ると、リリナは目をぱちくりとさせた。

「……くすっ、なんか似合いませんね。その感じ」

そして、リリナは小さく笑い声を漏らした。

俺はリリナに釣られるように笑う。

「知ってるよ。人に優しくするキャラじゃないもんな」

「いえ、そっちじゃなくて」

リリナはそう言ってから、自然で優しい笑みを俺に向ける。

その表情が、作中で主人公のケインに向けるような表情だったので、俺は一瞬言葉を失ってしまった。

だって、悪役のロイドに向ける表情じゃないだろ。それは。

「ロイドさま。ポーション、ありがたく頂戴します。このご恩、人生をかけて返すことをお約束します」

「人生をかけてって、大袈裟だっての」

深々と頭を下げるリリナを見て、俺は小さく笑う。

ん？　なんか今のセリフ聞き覚えがある気がするな。

アニメでケインに同じようなことを言っていたような……いや、気のせいか。

微かに頬《ほお》を赤らめるリリナを見ながら、俺は少しだけリリナに恩返しができたことを一人喜んだ。

「それじゃあ、さっそく飲んでみてくれ。どのくらい効くのか俺も気になるからな」

「はい。それじゃあ、いただきますね」

リリナはそう言うと、木箱からポーションを取り出して、きゅぽんっと蓋を開けた。

リリナはじっとポーションを見てから、ぐいっとそれを飲み干した。

すると、リリナはすぐに目を見開いて、手のひらをグーパーにしたり、軽く肩を回したりして、痛みがないことに驚いているようだった。

それから、リリナはバッと勢いよく俺を見た。

「凄いです、このポーション！　体の痛みが嘘みたいに引きました！」

「そうか。そりゃあ、よかったよ」

どうやら、値段の分だけちゃんと効果もあるようだ。

小躍りでもし出しそうなくらい喜ぶリリナを見て、俺は口元を緩める。

「数日は安静にしていてくれ。秘薬を取りに森に行くのは、体を休めてからにしよう」

「あれ？　私が秘薬を取りに行こうとしてたこと言いましたっけ？」

俺の言葉を聞いて、リリナはきょとんとした顔をする。

……そういえば、まだ本人の口からは聞いてなかったんだっけ？

「あれだ、寝言で色々と言っていたからな。お母さんのために秘薬をって」

「あ、なるほど」

俺が適当に言うと、リリナは納得したように頷く。

どうやら、上手く誤魔化せたらしい。

俺は胸を撫で下ろして続ける。

「今度は俺も一緒に行くから、無理して一人で行かないようにな」

「え⁉　手伝ってくれるんですか？」

「当たり前だ。一人で秘薬を取りに行くのが無理なことは身をもって学んだだろ？」

「そ、それはそうですけど……」

リリナは躊躇いがちに俺をちらっと見るが、俺の提案に首を縦に振らない。

おそらく、さっきのポーションと同じように遠慮しているのだろう。

ふむ、どうしたものか。

俺は少し考えてから、おどけるような笑みをリリナに向ける。

「さっき人生をかけて恩を返すって言っただろ？　それなのに、秘薬を取りに行った先で死なれたら、たまらんからな。リリナには生きていてもらわないと困る」

さっきと同じようにロイドっぽく言えば、リリナはさっきと同じように笑い声を漏らす。

そう考えて言ってみると、リリナはさっきと同じように提案を受け入れてくれるだろう。

「くすっ、分かりました。そういうことでしたら、甘えさせてください」

「ああ、そうしてくれ。二日三日くらいは安静にしておくように。俺もどこまで戦えるか分からないからな。リリナも体調を万全にしておいて欲しい」

アニメではケインの支援魔法を駆使して、秘薬までの道のりの魔物を倒していた。

その支援魔法も主人公補正もない俺がどこまでやれるのか、まるで見当がつかない。

用心をしておいた方がいいだろう。

「そうですね。分かりました」

　リリナは俺の言葉に頷いてから、自然な笑みを浮かべる。

　とりあえず、これでリリナを死なせてしまうという最悪な事態は免《まぬが》れそうだ。

「じゃあ、また数日後にこの家に来るから、準備しておいてくれな」

「え？　どこか行かれるんですか？　何かご予定が？」

　俺がリリナの家を後にしようと立ち上がると、リリナが不思議そうな顔で俺を見る。

「予定は別にないけど、宿にでも帰ろうかと……安宿も探さないとだしな」

　お金を手に入れてもすぐにポーション代に消えてしまったので、もっと生活を切り詰める必要がある。

　今泊まっているところよりもランクを下げないと……まぁ、最悪屋根があるところなら馬小屋とかでもいいか。

「それでしたら、うちに泊まっていってください！　狭くて恐縮ですけど、ご飯もお出ししますよ！」

　俺がそんなことを考えていると、リリナがずいっと前のめりになりながらそう言った。

　積極的な申し出に驚きながら、俺は頬を掻《か》く。

「え、いいのか？　さすがに悪い気もするんだけど」

「いいえ、悪くなんてありません！　少しでも恩返しをさせてください！」

　俺が首を縦に振らずにいると、リリナは俺の手を握って俺を見つめてきた。

　身長差的に上目遣い気味な視線を送られてしまい、俺は断ることができなくなる。

「お、おう。そういうことなら、お願いしようかな」

「はい、そうしてください！」

リリナはぱぁっと明るい笑みを浮かべると、もう少しだけ強く俺の手を握る。

……これがヒロインの力か。

不覚にも速まりそうだった鼓動に気づかないフリをして、俺は小さく頷くのだった。

こうして、俺はリリナの体調が万全になるまでの数日間をリリナの家で過ごすことになった。

「原作にはなかった展開だよなぁ」

俺は調理器具を片付けているリリナを見て、独り言を呟く。

確か、アニメでは森で会ったリリナとそのまま秘薬を見つけに行く展開だった。

なので、秘薬を取りに行く前にリリナの家に泊まるなんてイベントはなかった。

そして何より、悪役のロイドがリリナと仲良くするなんて描写《びょうしゃ》はなかった。

むしろ、リリナはロイドのことをひどく嫌っていたはずだ。

「ロイドさま、何か言いましたか？」

リリナは片付けが終わったのか、俺のもとにちょこちょこっと近づいてきた。

どうやら、俺の独り言が聞こえていたらしい。

リリナの表情には警戒心などはまるでなく、俺の知るリリナが主人公のケインに向けるような表情をしていた。

とてもじゃないが、悪役のロイドに向ける顔ではない。

不思議そうに首を傾げるリリナを見て、俺は小さく笑う。

それから、俺はちらっと奥の部屋に視線を向けた。

「やっぱり、挨拶《あいさつ》はしておくべきだよな」

「ロイドさま？」

お世話になる家の主《あるじ》に断りなく泊まるのは失礼だ。

俺は小さく頷いてから、リリナに視線を戻す。

「リリナ。お母さんに挨拶させてもらってもいいか？」

「お母さんにですか？」

「ああ。無断で泊まるわけにもいかないからな」

礼儀として断りを入れておくというのもあるが、それ以上に知らない男が突然家にいたら驚かせてしまう気がする。

夜中にでも鉢合わせたら、強盗と間違えられてしまいそうだ。

ロイドの顔って、悪役顔だしな。

「そんなに気を遣ってもらわなくても大丈夫なんですけど……分かりました。ちょっと待っていてくださいね」

リリナは少し考えてから、こくんと頷くと俺を残して奥の部屋に入っていった。

寝ていたりしたら、起こす方が逆に失礼だろうか？

俺がそんなことを考えていると、すぐにリリナが奥の部屋から顔を覗かせた。

「ロイドさま、入ってもらって大丈夫です」

「ああ。分かった」

リリナに手招きされて部屋に入ると、そこにはベッドで横になっている獣人の女性がいた。

その女性はリリナを大人に成長させたような容姿をしていた。

アニメで顔は見たことがあったけど、改めて見ても凄く若く見えるな。

とても子持ちの女性とは思えない。

俺は少しだけ見惚《みと》れてしまった後、ベッドに近づいて軽く頭を下げる。

「初めまして、お母さん。ロイドと言います。娘さんのご厚意《こうい》で、数日間この家に泊めていただくことになりました。少しの間、お邪魔しても問題ないでしょうか？」

俺が顔を上げると、リリナのお母さんは俺の顔をじっと見ていた。

真剣な眼差しを向けられ、俺はどうしたらいいのか分からなくなる。

な、何か変な物でも顔に付いているのだろうか？

あれ？　そういえば、前もリリナにこんなふうに見られたことがあったな。

「……驚いた。この人、本当にあのロイドさんなの？」

リリナのお母さんは、目をぱちくりとさせてそんな言葉を漏らした。

驚いた？

ああ、そっか。ロイドはこんなに礼儀正しく挨拶をしたりはしないか。

「うん。私も驚いてる」

ちらっとリリナを見ると、リリナはくすっと小さく笑みを浮かべていた。

その表情が何か意味ありげな気がして、俺は首を傾げる。

すると、突然リリナのお母さんが俺に深く頭を下げてきた。

「娘から話は聞いています。娘を助けていただいて、本当にありがとうございました」

「いえいえ、何事もなくてよかったですよ」

「……」

俺が無難《ぶなん》にそう言うと、リリナのお母さんはきょとんとした顔で俺を見る。

……な、なんだこの間は。

俺はその間に耐えられなくなって、咳ばらいをしてから続ける。

「あと、数日後に娘さんをお借りします。秘薬を取りに行きたいみたいなので、危険がないように俺が一緒に行きます」

「ロイドさんが同行してくれるんですか？」

「ええ、一人じゃ無理でしょうから」

話を聞いたということは、リリナが大変な目に遭《あ》ったのは知っているのだろう。

俺がそう言うと、リリナのお母さんは申し訳なさそうに俺を見上げる。

「あの、なんでそこまでしていただけるんでしょうか？」

「恩返しですよ。過去にリリナさんみたいな子に元気づけてもらったことがあったので、その恩返しのつもりなんです。まぁ、ただの自己満足ですね」

「それだけのことで、ここまで良くしていただけるなんて……」

リリナのお母さんは俺の言葉を聞いて、再び目をぱちくりとさせた。

まぁ、リリナのお母さんからしたら、リリナを助ける理由としては不十分過ぎると思うかもしれない。

それでも、それが事実なのだから仕方がないだろう。

すると、リリナのお母さんは俺の隣にいるリリナに視線を向ける。

「素敵な人に出会ったのね、リリナ」

そして、リリナのお母さんはそんな言葉と共に、とても優しい笑みを浮かべた。

「お、お母さんっ」

照れたように頬を赤らめるリリナを見ながら、俺は小さく笑う。

素敵な人か。

まさかロイドをそんなふうに評価する人に出会えるとは、思ってもいなかったな。

「ロイドさん。娘のこと、よろしくお願いします」

「ええ、お願いされました」

最後にリリナのお母さんに深々と頭を下げられて、俺は頷く。

やけに心の籠《こ》もった言葉に感じたのは、それだけリリナのことが心配だからだろう。
リリナのお母さんのためにも、俺がしっかりしないとな。
そんなことを強く誓って、俺は数日間リリナの家で過ごさせてもらうことになった。

第四話　秘薬探しイベント

I was reincarnated as the leader of a villain party that specializes in banishment, so I banished myself before I got my comeuppance.

「ロイドさま、準備できました！」

「よっし。それじゃあ、行くか」

リリナの家に泊まって数日後、リリナの体調が全快したのを確認してから、俺たちは秘薬《ひやく》を探しにいくことになった。

主人公補正のない俺にどこまでできるかは分からないが、ロイドだってC級冒険者並みの実力がある。

それに加えて、人や魔物のスキルを奪う『スティール』だってあるのだ。

きっと、主人公じゃない俺でも、リリナを守ることくらいはできるはず。

森の入り口に着いた俺は、ピタッと足を止める。

「まずはリリナの力を把握《はあく》しないとな。リリナは魔物と戦った経験はあるか？」

「戦闘経験ですか？　昔、死んじゃったお父さんに教わって、少し狩りをしたことがあるくらいですね」

「なるほどな。うん、狩りの経験があるというのはでかいな」

うん、アニメの情報通りだな。

俺は想定通りのリリナの回答を聞いて、こくんと頷《うなず》く。

魔物と言っても、相手は生き物だ。

生き物を殺《あや》めるということに変わりはないので、初めて戦うとなると抵抗がある。

魔物と戦ったことのない俺がサラッと魔物を倒すことができたのは、ロイドの体が魔物と戦う術《すべ》と心持ちを覚えていたからだろう。

だから、今のリリナに魔物と戦ったことがないと言われたら、その訓練からやる必要があると思った。

だが、どうやらその心配はいらないらしい。

多分、リリナは俺なんかと比べ物にならないくらい、魔物と対峙《たいじ》しているはずだ。

「ロイドさま。私、ロイドさまの足を引っ張らずに済みそうですか？」

「ああ。期待しているぞ」

「えへへっ」

俺がそう言うと、リリナはにへっと顔を緩ませた笑みを浮かべる。

……そういえば、随分と砕けた表情を見せるようになったな。

リリナの家に泊まって数日を過ごす中で、リリナとの距離が凄く近づいた気がする。

呼び名と敬語は相変わらずだけど、ふとした表情や口調の柔らかさが初めて会ったときとは段違いだ。

なんだか凄く懐かれた気分だ。

銀色の耳がピコピコとご機嫌に揺れるのを見ていると、昔飼っていた犬のことを思い出す。

……なんか触り心地がよさそうだな。

俺は自然と引きつけられるように、リリナの頭に手を置いていた。

そして、昔飼っていた犬を思い出すように、優しくその頭を撫でてしまった。

おお、素晴らしい撫で心地だ。

「んっ」

「ん？　え、あっ、わ、悪い！」

俺はリリナの漏《も》らした声を聞いて、自分がとんでもないことをしたと悟る。

おおお、マジか、俺。女の子の頭を撫でるなんて普通できることじゃないだろ。

俺はそんなことを考えて、慌てるようにリリナの頭から手を引く。

「あっ……」

俺がリリナの頭から手を引くと、リリナは残念がるような声を漏らした。

ん？　残念がる？

普通に考えたら、アニメの悪役に頭を撫でられて喜ぶ女の子なんていない。

それは分かっているのだが、リリナは俺に名残惜《なごりお》しそうな目を向けている。

気のせいには思えないんだけど、どういうことだろうか？

俺が首を傾《かし》げていると、リリナは意を決したように自分の両手をきゅっと握る。

「あの、ロイドさま。私たち獣人は、心を開いた相手に頭を撫でられて嫌がったりはしません」

「そう、なのか」

「はい！　そうなんです！」

リリナはそう言うと、ふんすっと前のめり気味になる。

……これは、俺に頭を撫でろと言っているのだろうか？

俺がゆっくりとリリナの頭に手を伸ばしていくと、リリナは俺の手を見つめながら可愛《かわい》らしく耳をピコピコとさせる。

そのまま俺がリリナの頭を撫でると、リリナは満足したように表情を緩める。

「にへっ」

そして、そんな笑い声を漏らしてから、尻尾《しっぽ》をご機嫌にフリフリとさせた。

……いや、可愛過ぎないか。

「〜〜♪」

というか、なんか懐かれ過ぎてないか？

俺はそんなことを考えながら、撫で心地がよすぎるリリナの頭を優しく撫で続けることにした。

「おっと、いつまでも撫でてるわけにはいかないいな」

俺はいつの間に時間が結構経っていたことに気づいて、リリナの頭から手を離す。

リリナも満足したのか、凄く上機嫌になっている気がする。

俺、悪役なんだけどな。

俺はそんなことを考えながら、小さく咳ばらいをする。

「そういえば、リリナは秘薬がどこにあるのか知っているのか？」

「はい、知ってますよ。といっても、確証《かくしょう》はありません。あくまで、ありそうな場所を目指すという感じですけど」

「いや、それが分かるだけでも助かる。俺はそんなに森のこと詳しくないからな」

俺はリリナに案内されながら、森の中を進みだした。

俺に原作知識があると言っても、アニメとかだとカットされている部分が多い。

ロイドの知識を頼りにしてもいいが、ロイドって基本的に道案内とかは主人公のケインにさせていたイメージがある。

となると、そこまでロイドの知識に期待しない方がいいだろう。

「そういえば、秘薬ってどんなやつなんだ？」

アニメでケインたちが秘薬を取りに行くという展開は覚えているが、それがどんな形状の物だったのかまでは覚えていない。

俺がそう言うと、リリナはこくんと頷いてから人差し指をピンッと立てる。

「『ポーションハーブ』というどんなポーションにも化ける不思議な薬草です。山の頂上付近にある木の下に生えると言われています。その木は魔力を多く吸収するらしくて、葉っぱの色が普通の木とは違うみたいです」

「なるほどな。どんなポーションにも化ける薬草なのか。それなら、どんな病にでも効きそうだな」

そう言われれば、確かにそんな感じの名前の薬草だった気がする。

「森を抜けて山奥の方まで行かないとだな。街から離れるわけだし、魔物が多くいるだろうな」

「そうなりますね。前は中腹あたりに差し掛かったところで、魔物に襲われて崖の下に真っ逆さまでした」

リリナはそう言うと、申し訳なさそうに頭を掻《か》く。

多分、本来であれば危険察知能力の高いリリナなら、魔物からの攻撃も簡単に避けられただろう。

となると、それができないほど追いやられていたということか。

確か、アニメだと敵が近づいたとき、一番初めに気づくのがリリナだったはずだ。

獣人というのは普通の人間と比べて腕力や俊敏《しゅんびん》さ、危険察知能力に優れている。

アニメではその特性をケインのスキル『支援』で、さらに向上させていた。

しかし、今はそのケインの『支援』がない状況だ。

それを考えると、少し慎重に森を進んでいった方がいいかもしれないな。

「あっ、ロイドさま。魔物が近いです」

リリナは銀色の耳をぴくんっと動かしてから、すっと俺の前に手を出す。

リリナの視線の先を見ると、茂みの奥から小ぶりな猪《いのしし》のような魔物が姿を現した。

猪は力が強いと聞いたことがあるけど、これから森の奥に進めばもっと恐ろしい魔物たちと出くわすことになる。

その前に、今のリリナの強さを把握しておかないとな。

「リリナ。あいつの相手をできるか？」

「はい、お任せください！　あの魔物は何度か相手をしたことがあります」

リリナはそう言うと、腰から短剣を引き抜いて構える。

その立ち姿はあまりにも自然で、無理をしているようには見えない。

俺は小さく頷いてから、リリナの肩に手を置く。

「今後に向けて少しリリナの戦い方を見ておきたい。俺は危なくなるまで手を出さないから、できるだけ一人で倒してみてくれ」

「分かりました。ロイドさまにかっこいい所見せちゃいますっ」

リリナはそう言うと、勢いよく地面を蹴った。

さて、『支援』のスキルがない状態のリリナがどこまで戦えるのか、見ものだな。

「ブルルッ!!」

猪の魔物はリリナが突っ込んでいくのを見て、警戒を強めて威嚇《いかく》をした。

　そして、魔物はリリナに突進をするため、助走の距離を取った。

　さて、リリナは魔物相手にどうやって戦うのだろうか。

　俺がそう考えてリリナを見ていると、リリナはそのまま一直線に魔物に向かって突っ込んでいった。

「え、嘘《うそ》だろ。正面から行く気か？」

　相手は今にもスキルを使おうとしているのに、そこに向かって突っ込んでいくなんてあまりにも無謀《むぼう》だ。

　いくら小さな猪の攻撃といっても、まともに食らえば怪我《けが》をしかねない。

「やあっ！」

　しかし、リリナは俺の心配をそのままに、大きく跳躍した。

　そして、魔物がスキルを使うよりも早く魔物の間合いに入ると、そのまま振り上げた短剣を振り下ろす。

「ギャンッ‼」

　リリナは斬りつけられた魔物が怯《ひる》んでいるうちに、二手三手と力いっぱいに短剣を振るう。

　やがて、魔物は力なく倒れてそのまま立ち上がらなくなった。

「ロイドさま！　やりました！」

「あ、ああ、そうだな……そういえば、アニメでもリリナって結構パワー系の戦い方だったな」

俺は倒れている魔物に近づいて、傷跡をじっと見る。

うん、結構深くまで短剣が入っているみたいだ。

リリナの見た目からは想像できないくらい、素の状態でも結構力があるらしい。

まさか、主人公のケインの『支援』なしの状態でここまで力が強いとは。

でも、今の戦い方は相手の方がもっと素早かったら通用しない戦い方だ。そして何より、カウンターにも弱いだろう。

アニメではそこの弱点を無理やり『支援』を使ってカバーしていた。

誰にも負けないパワーとスピードがあれば、今の戦い方は最強だもんな。

「ロイドさま。いかがだったでしょうか？」

俺がじっと魔物を見ていたからか、リリナが心配そうに俺の顔を覗《のぞ》き込《こ》んできた。

「ん？　ああ、凄かったよ。想像以上だ」

「そ、そうですか。よかったです！」

リリナはそう言うと、ぱぁっと明るい笑みを俺に向ける。

銀色の耳がぴょこぴょこっと揺れていて、何かを要求されているような気がした俺は、そっとリリナの頭を撫でた。

「〜〜♪」

この褒めたら撫でるくだりは、毎回やる感じなのかな？

好きなアニメのヒロインの頭を撫でられるというのは嬉しいことなんだけど、少し照れくさい。

俺はリリナのことをまっすぐ見られなくなり、誤魔化《ごまか》すように視線を逸《そ》らす。

「そういえば、リリナはお父さんに戦い方を教わったんだよな？　狩りもお父さんから教わったって言っていたし」

「はい！　お父さんみたいな勇敢な戦士になりたくて！」

「なるほど。まっすぐ敵に立ち向かうさまは、戦士とも言えるか」

女の子のリリナでこれだけ力があるのだから、大人の男性だったら力任せに戦っても何も問題はないのだろう。

むしろ、それこそが自分の長所を活かした戦い方だと思う。

けれど、ケインの『支援』がない状態の今のリリナが正面から魔物と戦うやり方は得策ではない。

リリナの獣人としての長所を活かすのなら、別の長所を伸ばしてあげた方がいい。

「リリナが悪くなければ、しばらくは戦い方を変えてみないか？」

「戦い方を変えるんですか？　でも、私他の戦い方知りませんよ？」

俺が撫でる手を止めて言うと、リリナは可愛らしく小首を傾げる。

確かに、今のリリナは知らない戦い方だろう。

だって、今から提案する戦い方は、アニメの三期で判明するリリナのサブジョブみたいなものだからな。

「狩りをしたことがあるなら必然的に鍛えられている能力がある。そこをもっと伸ばすんだ」

俺はピンときてなさそうなリリナに笑みを向けて続ける。

「暗殺者みたいな戦い方をしてみないか？」

リリナにそう言いながら、俺は少しこの世界のことを思い出す。

人気アニメ『最強の支援魔法師、周りがスローライフを送らせてくれない』。

このアニメの三期では、ヒロインたちが主人公のケインとは別々の街に飛ばされる。

そして、ヒロインたちはケインの『支援』なしで魔物たちと戦うことになり、自分たちの新しい武器を身に着けることになるのだ。

その新しい武器として、リリナはパワー系から正反対にある暗殺者スタイルを自分のものにする。

今はまさにケインと離れ離れという状況。

今ここでそのスタイルを磨《みが》かせれば、今後もケインなしでも冒険者としてやっていけるかもしれない。

「暗殺者ですか？　えーと、私にそんな戦い方できるんでしょうか？」

リリナはそう言うと、申し訳なさそうに眉尻を下げる。

まぁ、いきなり暗殺者っぽく魔物を倒せと言われても戸惑うよな。

俺は小さく咳ばらいをしてから、説明を続ける。

「リリナには優れた鼻と耳がある。それに加えて俊敏な動きもできる。この時点ですでに暗殺者向きだと思うんだ」

「暗殺者向きですか。えっと、喜んでいいんですかね？」

「もちろんだ。優れていることが複数あるだなんて、素晴らしいことなんだぞ」

俺がそう言うと、リリナは垂れかかっていた銀色の耳をピンッと伸ばす。

このまま頭を撫でてあげたいが、それだと話が進まなくなりそうなので今回は割愛《かつあい》。

俺はそのまま続ける。

「リリナはそれに加えて狩りの経験がある。『潜伏』のスキルを入手するのも難しくないはずだ」

「『潜伏』ですか。あっ、そういえば、前にお父さんに言われて練習したことありますね。狩りをするにはできた方がいいって言われました」

『潜伏』のスキルというのは、人や魔物に気配を気づかれにくくするスキルだ。

このスキルは一般的には、盗賊や暗殺者の適性《てきせい》がある者しか覚えることができない。

あとは、狩りを普段から行っているような種族は覚えることができるんだっけ？

「練習していたのなら習得も速いはずだ。魔物を倒して森の中を進みつつ、『潜伏』のスキルも習得できるようにしよう」

「分かりました。ロイドさまがおっしゃるなら、やるだけやってみます！」

リリナはそう言うと、ふんすっと気合を入れるように鼻息を吐いた。

うん。本人がこれだけやる気になってくれていれば、本当にすぐにスキルを習得できるかもしれないな。

「本当は、俺が近くで見本でも見せられればいいんだけど……」

もしかして、ロイドが人から奪ったスキルの中に『潜伏』があるんじゃないか？

あれだけ多くのスキルを奪っていたのだから、あってもおかしくはない。

「ロイドさま？」

「リリナ。少しだけ待っていてくれ。『ステータス』」

俺はリリナにそう言うと、自分のステータスを開く。

そして、俺は『スティール』で奪ったスキル一覧から、『潜伏』がないか探す。

「……あったな」

もしかしたらと思って確認してみたけど、まさか本当にあるとは。

ロイドの奴、一体どんな人からこのスキル奪ったのだろうか？

「ロイドさま？　何があったんですか？」

「ん？　ああ、あったよ。リリナ、少し後ろを向いてくれないか？」

「後ろですか？」

リリナはこてんと首を傾げてから、静かに後ろを向く。

「十秒したら俺のことを見つけてみてくれ」

「えっと、はい。分かりました」

リリナが頷いたのを確認して、俺は『潜伏』のスキルを使って近くの茂みに隠れる。ただ隠れるだけだとスキルの効果が分からないので、振り向いたリリナとちょうど目が合うくらいの高さで茂みから顔を出した。

それから、リリナは数を数え終えてから俺の方に振り向く。

「あれ？　ロイドさま？」

リリナは正面に俺がいるというのに、俺を見失ったようにキョロキョロと辺りを見渡した。

「どこに行ったんですか、ロイドさまー！」

リリナは俺の返事がないことに少し焦ってから、鼻をスンスンとさせたり、耳をピコピコと動かす。

それからしばらくして、リリナは目を細めてじぃっと俺がいる空間を見てから、ハッと何かに気づいたように目を大きく開く。

「あ、ロイドさま！　いつからそこにいたんですか？」

「ずっとだよ。『潜伏』のスキルを使っていたんだ」

「ロイドさま、『潜伏』のスキルが使えるんですか⁉　凄いです！」

リリナは俺のもとに駆け寄ってくると、キラキラとした目を俺に向けた。

まっすぐ尊敬するような眼差しを向けられて、俺は気まずさを覚える。

「いや、俺のはあんまり褒められた感じではないんだけど……」

だって、これってロイドが人から奪ったスキルだし。

とてもじゃないが、俺の『潜伏』は人に誇れるようなスキルではない。

それでも、こうしてリリナに『潜伏』を教えられるのなら、それほど悪くもないのかもしれないな。

「それじゃあ、秘薬を探しながらリリナに『潜伏』を教えてあげるか」

俺はそんなことを考えて、リリナの頭を優しく撫でた。


「それじゃあ、手はず通りにいくぞ」

「はい、分かりました」

俺たちは茂みの中から鹿のような魔物が水を飲んでいるのを確認して、小声でそんな会話をしていた。

秘薬を求めて山の頂上を目指す俺たちは、すでに何体もの魔物と戦っていた。

もちろん、ただ正面から戦っても仕方がないので、リリナが『潜伏』のスキルを習得できるような戦い方をしていた。

まぁ、結局の所、ただ反復練習を繰り返しているだけではあるんだけどな。

『潜伏』の習得のための練習は結構単純だ。

俺がリリナと手を繋ぎながら『潜伏』のスキルを使って、魔物から気配を悟られないようにする。

こうすることで、リリナは『潜伏』のスキルを体感的に覚えることができるのだ。

「じゃあ、行ってくるぞ」

俺はリリナにそう言うと、『潜伏』のスキルを解除して一人で魔物の前に飛び出した。

「ピィィ!!」

当然、俺は魔物に気づかれてしまう。

しかし、あえて俺の存在を気づかせることで、リリナの存在が気づかれにくくなる。

こうすれば、『潜伏』のスキルが切れていても、リリナは実質的に『潜伏』を使っているのと同じ効果を得られるのだ。

「そら、こっちに向かってこい！」

あとは、俺が上手いこと魔物を引き付けて、リリナに倒させるだけだ。

俺が長剣を適当に振り回すと、鹿の魔物は小さく震えながら俺に威嚇をする。

俺がちらっと鹿の魔物の後方を見ると、そこにはすでに魔物の背後を取っているリリナの姿が見えた。

そして、リリナは流れるように引き抜いた短剣を、魔物の首元に振り下ろす。

「ピィィ！！！」

死角からの一撃を受けた魔物は悲鳴を上げた後、そのまま力なく地面に倒れた。

……今の動き、随分と洗練《せんれん》された動きに見えたな。

魔物に気づかれず完全に背後を取り、致命的な一撃を食らわせる動きは完全に暗殺者の動きだった。

俺がそんなふうに感心していると、リリナが何かに気づいたような声を漏らす。

「ロイドさま！　今の戦闘でスキルを習得しました！」

「おお、本当か！　ということは、さっきの一撃はスキルによる一撃だったんだな」

何度も実戦を交えて『潜伏』のスキルの練習をしたのが良かったのだろう。

思ったよりも早く『潜伏』のスキルを習得することができたみたいだ。

元々狩りをしていたり、『潜伏』の練習をしていたりしたのが大きいのだろう。

「あの、ロイドさま」

「ん？　どうしたんだ、リリナ」

戸惑うようなリリナの声を聞いて、俺はリリナと視線を合わせる。

すると、リリナは少しだけ複雑そうな顔をしていた。

なぜスキルを習得できたというのに、そんな顔をしているのだろうか？

俺は不思議に思って首を傾げる。

「もしかして、スキルを習得したのは勘違いだったのか？」

「いえ、『潜伏』のスキルは習得できました。問題は、もうひとつ習得したスキルの方です」

「え、スキルを同時に二つも習得したのか？　凄いじゃないか！」

スキルというのは習得するために一つの動きを何度も修練する必要がある。

だから、同時に複数のスキルを習得できるなんて、普通はありえないことだ。

それだというのに、リリナは耳を微《かす》かに垂れさせて浮かない顔をしている。

「その、習得したスキルが『隠密』なんです。なんか急に裏稼業の香りが強くなった気がして、喜んでいいのか……」

「な、なるほど、『隠密』か」

『潜伏』が隠れることに特化したスキルだとしたら、『隠密』は動きながら気配を悟られないスキルだ。

もしかして、『潜伏』のスキルを練習させながら、リリナのレベルアップのために魔物と戦わせていたから、結果として『隠密』の習得に繋がったのか。

まぁ、『隠密』って盗賊職というか、本当の盗賊とかが使うスキルだから、複雑な気持ちになることも分からないでもない。

それでも、大きく成長したことには変わりはない。

「喜んでいいことだぞ、リリナ。戦いで悟られず先手を取れるというのは、相手よりも優位に立てるわけだからな」

「そうです、よね。にへっ、ロイドさまが褒めてくれるなら良かったです」

俺がリリナの頭を撫でてあげると、リリナは緩んだ笑みを浮かべる。

リリナの耳は機嫌良さげにピコピコと動いているし、不安はなくなったみたいだ。

せっかく伸びている長所なのだから、このまま伸ばしてあげたい。
これから待つ戦いにも、リリナの力は必要になるかもしれない。
俺は気を引き締めて、リリナと共に森を抜けた山の奥へと進んでいくことにした。

第五話　アニメと違う展開

I was reincarnated as the
leader of a villain party
that specializes in
banishment,
so I banished myself before
I got my comeuppance.

「結構登ってきたけど、まだ先が見えないな」

「そうですね。今がちょうど中腹くらいの位置ですかね」

それから、俺たちは山を進んでいき、山の中腹付近にたどり着いた。

ここに来るまでの間に多くの魔物の相手をしてきたが、リリナが『隠密』のスキルを習得したおかげか、スムーズに進むことができた。

リリナもレベルアップできているだろうし、随分と順調だ。

「というか、ここって結構な数の魔物がいるんだな。一人で中腹付近まで来るの大変だっただろ？」

俺はこれまでの戦闘を思い出して、何となくそんなことを口にする。

「私も驚いてます。大変でしたけど、今回ほど魔物の数はいませんでしたよ」

「そうなのか？　数日でそんなに魔物の数が変わることはないと思うんだけどな……」

リリナの家と森の中で数日を過ごしている間に、魔物たちが活性化した？

全くない話ではないだろうけど、魔物たちが活性化するということは、何かが起きているということになる。

状況的に考えて、あまり良いことが起きているようには思えないな。

最悪、一度引き返して冒険者ギルドに報告した方がいいか？

いや、下手に報告してしばらく山への立ち入りを封鎖されたら、リリナのお母さんの病を治す秘薬《ひやく》が手に入らないか。

これは、少し危険でも奥へ進んでいくしかないな。

「リリナ。日も暮れてきたから今日はここで休もう。夜に強い魔物と遭遇したら大変だし、俺たちも連戦で疲れているしな」

俺がそう言ってリリナを見たとき、俺に向かって茶色の何かが勢いよく迫ってきていることに気づいた。

そして、俺はそこでようやく自分が何者かに殴られそうになっていることに気づく。

いやいや、これかなりマズいだろ！

「『跳躍』！」

俺は咄嗟《とっさ》にロイドが人から奪ったスキルから、『跳躍』のスキルを選択して発動させる。

すると、俺の体は迫ってくる腕を無理やり避けるように後方に跳んだ。

しかし、突然のことで焦りすぎたせいか、俺の体はそのまま空中に投げ出された。

「やばっ」

受け身の取り方など知らない俺は、体を地面に打ち付けて、砂ぼこりまみれになりながら地面に転がる。

そして、俺は追撃に備えて急いで体を起こして襲ってきた相手を見る。

そこには全身茶色の毛で覆われ、俺の二倍くらいある大きな体をした魔物がいた。

異常に発達した腕の筋肉が特徴的なゴリラのような魔物を前に、俺は言葉を失う。

え？　なんであいつがこんな所に？

「ロイドさま‼」

俺は心配そうなリリナの声を聞いて、慌ててリリナに叫ぶ。

「俺は無事だ！　リリナ、急いで俺の後ろに来て身を隠してくれ！　『雷斬』！」

俺はリリナを庇《かば》うようにしながら、長剣を引き抜いて斬撃を雷にして飛ばす。

「ギギィ‼」

しかし、魔物はその斬撃を避けることなく、力ずくで殴って斬撃を吹っ飛ばした。

まったく、どれだけ力任せだよ。

「ロイドさま！　本当に大丈夫ですか？」

「ああ、問題ない。攻撃を食らってはいないからな」

俺は駆け寄ってきたリリナを俺の後ろに隠して、目の前にいる魔物を強く睨《にら》む。

俺はこいつのことをアニメで見たことがある。

「おまえ、秘薬探しのイベントのボスキャラだろ。なんでこんな所にいるんだよ」

そう。そこにいたのは、アニメでケインとリリナが秘薬を見つけたときに突然現れるボス的な魔物だった。

それだというのに、なんでこんな山の中腹にこいつがいるんだ？

何かがアニメと違う。

目の前で起きている展開を前に、そう思わざるを得なかった。

「ロイドさま、この魔物知ってるんですか？」

「ああ。さすがに名前までは覚えてないけどな」

俺は後ろで魔物を覗《のぞ》き込《こ》むリリナにそう答えて、視線をまた魔物に戻す。

このゴリラみたいな魔物は、一期のアニメのオープニングにも登場してくる魔物だ。

確か、アニメでは主人公のケインの『支援』を受けたリリナが、パワーとスピードで圧倒して倒す。

しかし、今は残念ながらケインの『支援』が使えるような状況ではない。というか、ケイン自体ここにいない。

当然、アニメのように力でごり押しするなんて戦い方はできないだろう。

こいつと戦うことになることは分かっていたが、まさかこんなに早くやり合うことになるとは思わなかったな。

現段階のレベルでどこまでできるのか分からないが、やってみるしかないか。

「リリナは『潜伏』と『隠密』を使って、攻撃できるときがあったら奴にダメージを与えてくれ。絶対に無理はするなよ」

「でも、それだとロイドさまが集中的に狙われてしまわないですか？」

「それで問題ない。安心してくれ、そう簡単には負けたりしないから」

心配そうなリリナに笑いかけると、リリナは少し躊躇《ためら》った後に頷《うなず》いて俺から離れた。

よっし、これでいいだろう。

さすがに、常にリリナを守りながら戦えるほど、俺は戦いに慣れてはいない。

しかし、俺一人でこいつをどうにかできるとも思えない。

守りきると言えないのは情けないが、多分これが今の最善の策だろう。

「ギギィ！」

「少し待たせ過ぎたか？　さて、『雷斬』が効かないとなると、次はこれしかないか」

俺は痺《しび》れを切らして吠える魔物に切っ先を向けてから、長剣を振りかぶる。

「『風爪（魔）』！」

俺が勢いよく長剣を振り下ろすと、大きな斬撃が魔物に向かって飛んでいった。

幹の太い木をなぎ倒したことのあるレベルアップした『風爪（魔）』。

今の俺の最大の攻撃だと思うが、どれだけダメージを与えることができるだろうか。

俺が魔物の強さを見定めようとじっと見ていると、その魔物は斬撃を避ける素振りも見せず拳を振りかぶった。

そして、俺の斬撃とタイミングを合わせるように、拳を力いっぱいに振り下ろす。

ズドォッン‼

勢い余って地面を叩いた拳は、そんな鈍い音を響かせながら、『風爪（魔）』による斬撃を力ずくでぶっ潰した。

その勢いで激しい砂ぼこりが舞い上がる。

「くそっ、どれだけ力馬鹿だ」

「ギ、ギィ……」

「まぁ、当然無傷って訳にはいかないよな」

砂ぼこりが晴れた先で、魔物は斬撃を潰した手から血を垂れ流していた。

顔を歪《ゆが》めているし、『風爪（魔）』を食らった片手はしばらく使い物にならなそうだ。

「ただ、決定打には欠けるよな」

俺はそう言うと、長剣を地面に突き刺して右手を魔物の方に向ける。

そう、俺にはケインの『支援』のようなスキルはないが、『支援』並みにチートなスキルはある。

「俺には決定打になるようなスキルがないから、おまえからもらうぞ。決定打になるスキルをな」

俺はそう言ってから、ぐっと右手に力を入れて構える。

「『スティール』！」

そうだ。今あるスキルだけで戦う必要はない。

必要なら奪ってしまえばいいんだ。戦っている相手から。

それがロイドのみに許された、ロイドだけの戦い方なのだから。

そして、右手が微《かす》かにぱぁっと光るのを感じて、俺は口元を緩めた。

どうやら、『スティール』は成功したらしい。

俺がスティールを使うと、いつも通り小さな画面が現れた。そして、そこには次のような文章が書かれていた。

『スティールによる強奪成功　スキル：縮地《しゅくち》（魔）』

「『縮地』？　縮地って速く動くスキルだったよな？」

アニメでスピードを活かしたヒロインの一人が使っていたスキルだ。

てっきり強い攻撃系のスキルが奪えると思っていただけに、少しの肩透《かたす》かし感がある。

奪うスキルはランダムってことなのか？

でも、これはボスのような魔物から奪ったスキルだ。

当然、それが弱いわけがない。

「ギギィ!!」

「おっと、いつまでも剣を地面に刺したままって訳にはいかないか」

このゴリラのような魔物は馬鹿力にプラスして、スピードの速い攻撃をしてくる魔物だったはず。

剣を地面に刺したまま悠長にしていたら、あっという間に距離を詰められて殴られてしまう。

俺は慌てて剣を引き抜いて、切っ先を魔物に向ける。

そして、魔物は俺が構えた瞬間、地面を強く蹴った。

もしかして、初めに俺を殴った素早い攻撃か？

「ギギィ！　……ギ？」

「ん？　なんでこんなにスピードが遅いんだ？」

俺はいつまで経っても、のそのそと動いている魔物を前に首を傾《かし》げる。

「ギギ！　ギ、ギ？」

魔物はただそれっぽく構えをとるだけで、一向に素早い攻撃を仕掛けてこない。何かスキルを発動させようとしているみたいだが、いつまで経ってもスキルが発動しないみたいだ。

「もしかして、俺が奪ったからか？」

俺は現状に困惑《こんわく》している魔物を見て、さっき奪ったスキルのことを思い出す。

もしかしたら、この魔物の速い攻撃は全部『縮地』のスキルを使っていたのか？

確かに、普通に考えたらあの巨体が素早く動くのはどう考えてもおかしい。

でも、あの素早い攻撃が『縮地』によるものだとしたら、納得がいく。

「つまり、俺がスキルを奪っちゃったから、速い攻撃はもう使えないってことか」

どうやら、ロイドの『スティール』は戦闘中に使うことで、相手を間接的に弱体化できる効果があるみたいだ。

やっぱり、ロイドの『スティール』もケインの『支援』並みに強いスキルだよな。

俺は『縮地』のスキルが使えなくて慌てている魔物を見て、口元を緩める。

「余程《よほど》重要なスキルだったらしいな。どれほどのものなのか試してみるか」

俺はそう言ってから、身を少し低くして長剣を構える。

「『縮地（魔）』！　とっ……え？」

俺がスキルを使うと、俺の体は凄い風圧を受けた。

そして、その次の瞬間には、俺はゴリラのような魔物の背後を取っていた。

……なるほど、これが『縮地（魔）』の力なのか。

初手でいきなり攻撃をしてきたのもこのスキルを使ったのだろう。

俺は未《いま》だ背後を取られたことに気づいてない背中に向けて、長剣を振りかぶる。

「『風爪（魔）』！」

俺が思いっきり剣を振り下ろすと、勢いよく飛んでいった斬撃が魔物の首の後ろを捉えた。

ザシュッ‼

「ギギィ！！！」

ちょうど皮膚の薄い所に直撃したのか、魔物は先程とは比べ物にならない量の血を噴き出した。

慌てて手で傷口を押さえているが、そんな止血方法で止まる量の血ではなかった。

「やぁっ‼」

「ぎ、ギィ⁉」

ドシンッ！

そして、リリナの声が聞こえたと思った次の瞬間、その魔物は腰を抜かすようにぺたんと地面にお尻をつけた。

何が起きたのかと思って魔物を見ると、魔物の片足の腱《けん》の部分に知らない刀傷がついていた。

どうやら、リリナが取り乱した魔物の不意を突いて腱を斬りつけたらしい。

本当頼りになるな、リリナ。

俺は右手で長剣を持ったまま、左手をぐっと倒れている魔物に向ける。

「今度こそ奪わせてもらうぞ。その怪力をな」

俺はそう言うと、左の手のひらを魔物に向けたまま構える。

「『スティール』！」

俺がスキルを発動させると、左手が小さくぱぁっと光った。

そして、現れた小さな画面には、次のような文字が書かれていた。

『**スティールによる強奪成功　スキル：豪力《ごうりき》（魔）**』

「おお、文字を見ただけでもパワー系過ぎるスキルだな」

どうやら、今度はちゃんと目的のスキルを奪えたらしい。

果たして、その力はどれほどのものなのか。

目の前に試す絶好の機会があるのに、試さないわけがないよな。

「ギギギィ!! ……ギ?」

「どうした? またスキルが出ないのか?」

俺は倒れた姿勢のまま中々殴ってこない魔物にそう言って口元を緩める。

「失くしたスキルは、多分これだろ?」

俺はそう言うと、立ち上がれなくなった魔物に向かって突っ込んでいく。

そして、俺の接近に慌てる魔物をそのままに、俺は剣を振り上げる。

「『豪力(魔)』!!」

ズシャァァァッ!!

魔物の頭めがけて剣を振り下ろすと、巨人の一振りのような力で剣が振るわれた。

「ギィィィイイ!!!」

そして、その一撃を食らった魔物は、頭を真っ二つにされて、その場に倒れ込んだ。

……いやいや、さすがに強過ぎないか、このスキル。

「ロイドさまぁ!!」

俺があまりの威力に引いていると、リリナが駆け寄ってきて俺に抱きついてきた。

俺が勢い余ったリリナの体を支えると、リリナは笑みを浮かべて俺を見上げる。

「ロイドさま凄いです!!　この魔物をこんな簡単に倒しちゃうだなんて！」

「簡単ってことはなかったけどな。それよりも、リリナもナイスアシストだったぞ」

「本当ですか？　ロイドさまに褒めてもらえるなんて、嬉しいです!!」

リリナはそう言うと、可愛《かわい》らしく耳をピコピコと動かして嬉しさを表現していた。

俺は倒れている魔物をちらっと見て、少し考える。

……多分、これからが問題だろうな。

俺は倒れている魔物の背中にあった大きな傷跡を見て、なぜこの魔物が山を下ってきたのか察した。

しかし、俺はそんなことを考えながらも、にへっと緩んだ笑みを浮かべるリリナを見て、釣られるように笑ってしまうのだった。


「え、さっきの魔物よりも強い魔物が上にいるんですか？」

「ああ。多分、自分よりも強い魔物に縄張《なわば》り争いで負けたんだと思う」

俺たちは倒した魔物の解体を終えて、夕食を食べていた。

食事のメニューはさっき倒したゴリラのような魔物の肉を豪快に使ったステーキと、スープとパンだった。

当然、悪役のロイドやスーパーの割引弁当ばかり食べていた俺が料理などできるはずがなく、食事はリリナに作ってもらった。

好きなアニメのヒロインが作った料理を食べているというのは、中々贅沢な体験だ。

リリナが料理を得意としていることはアニメで知ってはいたが、こうして食べてみるとその美味しさには感動さえ覚える。

……リリナって、こっちの道でも食べていけるんじゃないか？

俺はしっかりとリリナが作った料理を味わってから、咳ばらいを一つする。

料理に感動しているだけではなく、今後のことを話し合わないとな。

「あの魔物は山の頂上の方にいる魔物だ。それが下ってきたってことは、食糧不足か縄張り争いに負けたと考えるのが普通だろうな」

「あっ、ここに来るまで魔物が多かったのもその影響ですかね？」

「多分な。上の方にいた魔物が下りてきているんだと思う。最悪の場合、さっき戦った魔物以上の奴らが複数いて、頂上を占拠《せんきょ》している可能性もある」

本来山の頂上にいる魔物たちが中腹に追いやられて、そのまま他の魔物たちがさらに下に追いやられたと考えるのが妥当《だとう》だろうか。

この考えが正しいとなると、山の頂上を占拠している魔物たちは相当強いかもしれない。

……正直、あまり考えたくないな。

「まさか、そんなことになってるなんて……もしかして、一度引き返すべきですか？」

「いや、引き返さない。引き返してしまったら、秘薬を手に入れるチャンスが二度とないかもしれないからな」

　現状を冒険者ギルドに知られたら、しばらくは山へ入れなくなる可能性がある。冒険者ランクが高ければ別かもしれないが、今の俺の冒険者ランクはC級。かなり微妙な位置だと言っていいだろう。

「それに、報告するにしても、もう少し情報が欲しい。情報がないと冒険者ギルドも対処できないだろうからな」

　俺はうんうんと頷くリリナを見て、言葉を続ける。

「でも、強い魔物相手に連戦をするのは無理だ。だから、今後は極力魔物との戦闘は避けていこうと思う。『潜伏』のスキルを使って、一気に山を登っていこう。見つけ次第、秘薬を摘《つ》んで一気に山を下る」

　おそらく、この作戦が色んな意味でベストだと思う。

　体力を温存しながら秘薬を回収することができて、異常を多少は調べることができる。

　心配事があるとすれば、冒険者ランクC級のロイドがどこまで戦えるかだが……そこは、ロイドの『スティール』に任せるしかないか。

　強いスキルを魔物から奪って進んでいけば、今のロイドでも十分戦えるはずだ。

「分かりました！　『潜伏』を習得しておいてよかったです！」

「そうだな。頼りにしてるぞ、リリナ」

　俺がそう言うと、リリナは表情を緩ませた笑みを浮かべる。

「にへへっ」

それから、耳をピコピコと上機嫌に動かしてから、俺をじっと見つめる。

何だろうかと思っていると、リリナは目をキラキラとさせながら続ける。

「なんだか物語の主人公みたいですね、ロイドさまって」

「主人公？　俺がか？」

俺は思ってもいなかったリリナの言葉に、間の抜けた声を漏《も》らした。

いやいや、俺は思いっきり悪役なんだけど。それも、主人公にざまぁされる系の。

リリナは困惑している俺をそのままに、微かに顔を赤らめる。

「はい！　初めて会った私を助けてくれて、お母さんのことも助けてくれようとして、今度は街のみんなを助けようとしている……本当にかっこいいです、ロイドさま」

俺は買いかぶり過ぎているリリナの言葉を聞いて、手を横に振って否定する。

「か、かっこよくはないだろ。別に街の人のことを助けようとまではしてないって」

「危険を冒して山の奥に入ってまで、冒険者ギルドに現状を報告するのは街のためですよね？」

「いや、まぁ、結果的にそうなるかもしれないけど」

「かっこいいです、ロイドさま」

リリナはうっとりした顔で、しどろもどろになった俺を見つめてくる。

いやいや、本当にロイドはそんな奴じゃないんだって！

そんなふうに弁明をしようとも思ったが、今のリリナに何を言っても無駄な気がして、俺は言葉を呑《の》み込《こ》む。

……照れくさいな。

そう考えながら、俺はさっきリリナに言われた言葉を思い出していた。

客観的に見れば、過去の非道を除けばロイドの行動は主人公みたいなのかもしれない。

確かに、悪役のロイドには似合わない行動だよな。

俺はそんなことを考えて、少しだけ口元を緩めるのだった。

◆◆◆

ゴリラのような魔物を倒した俺たちは、翌日から『潜伏』を使いながらどんどんと山を登っていった。

慎重に進むことで、魔物との戦いは最小限に抑えることができてはいたが、戦闘が全くないわけではなかった。

「リリナは『隠密』で援護を頼む！」

「分かりました！」

「グワァァ‼」

俺たちの目の前には、俺の身長の二倍くらいあるダチョウのような魔物がいた。

その魔物は、威嚇《いかく》をしながら俺のもとに突っ込んできて、俺に何度目かになる鋭い蹴りを入れようとしてきた。

「『縮地（魔）！』」

俺は蹴りが体に当たる前にスキルを発動させて、その蹴りを回避する。

バガァン‼

すると、さっきまで俺のすぐ後ろにあった大きな岩に蹴りが直撃した。

そして、蹴りをもろに食らった大岩には、大きなひびが入った。

うわっ、あんな蹴りが直撃したら笑えないぞ。

俺は危険すぎるスキルをどうにかしないとと思って、振り向きざまに長剣を持っていない左手を魔物に向ける。

「『スティール』！」

「グワワッ‼」

しかし、俺の『スティール』が魔物に当たる直前、魔物は素早く移動して俺の『スティール』を避けた。

一度『スティール』で魔物のスキルを奪ってから、警戒されてしまったみたいだ。

それから、魔物は俺の周りをくるくると回って俺に的《まと》を絞らせようとしない。

「くそっ！　ちょこまかと動きやがって」

『スティール』は対象に手のひらを向けて使用するものだ。

タイミングさえ見れば、避けられない技ではない。

でも、普通魔物がそこまで考えて行動するか？

鳥は頭が良いと聞いたことがあるけど、それって本当だったのかよ。

「グワワッ♪」

「ちくしょう、余裕ってか」

あの蹴りのスキルを奪ってから倒そうと思っていたが、これだと埒《らち》が明かない。

こうなれば、魔物から奪ったスキルを使ってごりごりにパワーで押しきってやる。

俺がそう考えて、『スティール』を使うのを諦めようとしたとき、ふと魔物の後ろに黒い影が見えた。

「グワワ♪　……ワ⁉」

上機嫌に俺の周辺を走っていた魔物は、突然体をビクンと跳ねさせた。

俺は体の動きを止めた一瞬の隙を逃さないように、ぐっと左手を魔物に向ける。

「『スティール』！」

すると、俺の左手が微かにぱぁっと光り、小さな画面が現れた。

『スティールによる強奪成功　スキル：豪蹴《ごうしゅう》（魔）』

「よっし、目的のスキルは奪えたな」

俺はちらっと魔物の後ろにいる影を見てから、小さく笑みを浮かべる。

本当にナイスアシストだぞ、リリナ。

「グワワッ!!」

「おっと、今度は怒って俺に突っ込んできたか」

魔物はリリナの存在に気づかなかったらしく、俺が何かしたと思ったのか俺に勢いよく向かってきた。

さっきまで警戒していたのに、俺がさっき『スティール』を使ったことを覚えていないのだろうか？

かなり怒っているみたいだし、その辺の判断が鈍っているのだろう。

「グワワー!!　グワ？」

そして、俺の近くまでやってきた魔物は、右足を俺の方に突き出した後、ピタリと止まる。

俺はそんな魔物の姿を見て、口元を緩める。

「スキルが発動しないんだろ？　探し物はこれか？　『豪蹴（魔）』！」

俺はようやく事態に気づいたような魔物に向けて、『豪蹴（魔）』を繰り出す。

すると、自分でも見えないほど速い蹴りが魔物の胴体を捉えた。

「グワワァァッ!!」

バガンッ、ガラガラガラッ!!

そして、俺の蹴りを食らった魔物が叩きつけられた大岩は、音を立てて砕けた。

まぁ、さっきこの魔物が大岩にひびを入れていたから、簡単に岩が砕けたのかもしれないけど、魔物の骨が変な方に曲がってるんだよな。

いや、さすがに威力が強すぎるだろ。

「さすがです、ロイドさま‼」

俺が蹴りの威力に引いていると、リリナが俺のもとに駆け寄ってきた。

リリナは少し興奮した様子で、小さくぴょんぴょんと跳ねている。

「今回も本当にリリナに助けられたぞ。本当に強くなったな、リリナ」

「にへへっ、ロイドさまのおかげですよぉ」

リリナはそう言うと、嬉しそうに顔をにへらっと緩ませる。

山の頂上が近くなってから、ロイドの力だけでは難しい場面が何度もあった。

やはり、いくら『スティール』があると言っても、実力はC級冒険者らしい。

その度にリリナに助けられているので、リリナには感謝してもしきれないな。

「ん？　あれって……」

ふいに視線を上げると、そこには見覚えのある風景があった。

少し離れた場所から見ても分かる幻想的な風景だ。

魔力を多く吸った影響で、葉の色が青色に染まった不思議な木々。

風が吹くと光の残滓《ざんし》を振り撒くように枝が揺れる光景は、フィクションの中でしか見られないくらい現実離れした綺麗なものだった。

「あ、あれですよ！　あの木の下に『ポーションハーブ』があるはずです！」

リリナは俺の視線の先を追ってから、驚くような声を漏らす。

そうか、あれが『ポーションハーブ』が生えていると言われている場所か。

俺はリリナに手招きされながら、少し離れた所にある木々の元に向かった。

それから、しばらく木々の根元を探していると、リリナが目的の秘薬を見つけてあっと驚きの声を漏らす。

「ロイドさま！　これです、『ポーションハーブ』！」

「ほう、これが」

リリナはぱぁっと笑みを浮かべて、摘んだ秘薬を俺に見せる。

全体的に青色の秘薬はどこか神秘的で、俺は感動の声を漏らした。

「確かに、何でも治しちゃいそうな神秘性を感じるな」

「ロイドさま、こっちにもあります！　必要な分は揃いそうですよ！」

リリナはそう言うと、嬉しそうに『ポーションハーブ』を摘んでいく。

……これで、リリナのお母さんの方は何とかなりそうだな。

「ロイドさま、すみません。この木の細い枝を何本か取ってくれますか？」

「枝？　別に構わないけど」

俺はリリナに言われたとおり、数本青い木の枝を折ってリリナに手渡す。

すると、リリナはここに来る途中で汲《く》んでおいた川の水と、青い枝を容器に入れてシャバシャバと振り始めた。

「それは何をしてるんだ？」

「『ポーションハーブ』の簡易的な保存液を作ってるんです。このまま持って帰ると、途中で枯れてしまったり、本来の効果を発揮しない可能性があるので」

「なるほどな。そういうものなのか」

リリナはそう言うと、きゅぽんっと容器のふたを開けて、『ポーションハーブ』をその中にしまった。

確かに、薬草って草だもんな。そのまま持ち歩いていたら枯れちゃうよな。

アニメでは描写されなかった裏設定を見ているようで、俺は素直に感心してしまう。

それからしばらくして、リリナは必要分を採取し終えたのか、容器のふたを閉めた。

「必要な分は採れたのか？」

「はい！　ばっちりです！」

にへらっと緩んだ笑みを浮かべるリリナを見て、俺も釣られるように笑う。

「それじゃあ、早くこの場から離れるか。この木って魔力を多く吸うんだろ？　そんな所、絶対に強い魔物が寄ってくる場所だしな」

「そうですよね。強い魔物に会わないうちに……」

「リリナ？」

リリナは話の途中で俺の背後を見ると、そのままピタッと固まってしまった。

どうしたのだろうと思って俺も振り向くと、そこには俺の三倍くらいの大きさのイグアナのような魔物がいた。

いや、この大きさはもう恐竜だろ。

その魔物は鼻息を荒くしていて、俺たちを強く睨んでいる。

「ガアアァァ!!」

魔物はそんな威圧感のある咆哮《ほうこう》を上げて、今にも俺たちに突っ込んできそうだった。

「リリナ！　『隠密』だ！」

「はい！」

俺はリリナを背に隠して、長剣を引き抜く。

まずはリリナの『隠密』の効果を高めるために、俺に注目を集める必要がある。

そんなことを考えて、俺は長剣を振り上げて構える。

「『風爪（魔）』！」

俺がスキルを使いながら剣を振り下ろすと、勢いよく斬撃が魔物に飛んでいった。

『風爪（魔）』は、あのゴリラのような魔物にも効いたスキルだ。

さすがに、無傷というわけにはいかないだろう。

「ガアアア!!」

ガギィィンッ!!

「え？」

しかし、魔物は俺の考えに反するように、斬撃をいとも簡単に片手で弾き飛ばした。

は？　いやいや、無傷ってどういうことだよ？

そんなはずはないと思って魔物の腕を見てみると、魔物の手は一部が鉱石のように硬い物に変わっていた。

何なんだ、あのスキルは？

俺は予想をしなかった事態を前に、冷や汗を流す。

俺の『風爪（魔）』はレベルアップしたもので、太い木の幹を斬り倒すくらいの威力があるものだ。

それが軽く弾かれたのだ。動揺しない方が無理だろ。

「ガアアア」

すると、魔物は鉱石のように硬くなった片手を大きく振り上げた。

まずい、何かしらのスキルが来る！

「『縮地（魔）』！」

「ガアアアッ!!」

ズシャッッン!!

その魔物が腕を振り下ろしたときには、俺はすでに魔物の後方にいた。

凄い音が聞こえたと思って振り向くと、幹の太い木々が数本斬り倒されていた。

『風爪（魔）』が木を一本くらいしか斬り倒せないのを考えると、あの魔物のスキルは『風爪（魔）』の数倍の威力があるみたいだ。

「さすがにそのスキルは危険すぎるだろ！」

俺があまりの威力に驚いていると、魔物は再び俺の方に向かってきた。

おそらく、このまま突っ込めば、簡単に俺を倒せると踏んだのだろう。

これだけスキルの威力に違いがあれば、そう思われても仕方がないかもしれない。

でも、俺にはまだ見せていないスキルがある。

そして、そのスキルを使えばこの状況をひっくり返せるはずだ。

俺はそう考えながら、長剣を持っていない左手をぐっと魔物に向ける。

「とりあえず、硬い鉱石みたいになる防御か、威力がぶっ壊れている攻撃のどちらかのスキルをもらうぞ。『スティール』！」

俺が『スティール』を使うと、左の手のひらがぱぁっと小さく——光らなかった。

ん？　光らない？

俺が困惑していると、小さな画面が現れた。

『スティールによる強奪失敗　レベル差が大きいため』

『※体力を四分の一 or 状態異常でスティール可』

「し、失敗⁉」

俺は画面の文字に驚き、間の抜けた声を上げた。

ていうか、なんだこの注意書きは。初めて見たぞ。

何も奪えていないとなると、俺のもとに突っ込んで来ている魔物を全然デバフできていないことになる。

「ガアアッ!!」

そんなことに気づいたときには、魔物は俺のすぐ目の前まで来て片手を大きく振り下ろそうとしていた。

まずい、完全に逃げるタイミングを失った。

俺の脳裏には、さっき簡単になぎ倒された木々の映像が流れた。

防御する術《すべ》がないが、このままともに攻撃を食らったら死んでしまう。

……こうなったら、無理やり力で押し切るか。

俺はやけくそ気味に長剣を振るう。

「ガアアアッ!!」

「『豪力（魔）』！」

ガギィイイン!!

鋭い金属同士が衝突する音と共に、俺の長剣を強く押し返してくる力を感じる。

力は一瞬拮抗《きっこう》したが、全然刃《やいば》が相手の体に食い込んでいかない。

このままだと俺の剣が先に悲鳴を上げそうだ。

くそっ、相手は素手なのに、なんでこんなに斬れないんだよ！

ちらっと長剣と接している魔物の腕を確認すると、魔物の手は連なった鉱石のようなものに包まれていた。

さっき俺の攻撃を簡単に弾いたスキル……こいつ、防御と攻撃のスキルを同時に発動しているのか！

俺はこのまま腕を切り落とすのは無理だと判断し、刀を滑らせて攻撃を流すように弾く。

ズシャッッ‼

すると、攻撃を弾いた方向にあった木々がなぎ倒されていった。

「ガッ⁉」

魔物は自分の攻撃を弾かれると思っていなかったのか、よろめいてバランスを崩す。

今この一瞬を見過ごすわけにはいかない。

俺は一瞬の隙をついて魔物の死角に入り込んで、切っ先を魔物の横腹に向ける。

やっぱり、ここは鉱石みたいになっていない。

それなら、俺のスキルで多少は攻撃できるはずだ。

「強突（魔）！」

俺がスキルを発動すると、勢いのある鋭い突きが魔物を襲った。

「ガァ‼」

「くっそ、浅いな！」

俺の長剣は魔物の体を軽く刺した程度で止まってしまった。

完全に死角を突いたはずなのに、気がついたときには俺が刺した場所はすぐに鉱石で覆《おお》われ、それ以上刃を通さなくなった。

なんなんだこのチートスキルは！

何か今の状況を打開できるスキルはないかと考えたとき、アニメで追い詰められたロイドが使っていた魔法を思い出す。

確か、こんな感じだったはずだ。

「『中級魔法　雷痙《らいけい》』！」

俺が長剣を刺しながら唱えると、刀身が雷を受けたようにビリビリと光り出した。

『雷痙』は相手を麻痺《まひ》の状態にさせる魔法だ。

しかし、本来は格上の相手に普通に使っても効果はない。

だが、長剣を刺した状態で内側から使えば、そうでもないらしい。

「ガガガッ！」

魔物はそんな声を漏らして、体を小さく痙攣《けいれん》させているみたいだった。

一瞬生じた状態異常。

どうだ。これなら、レベル差がある場合の『スティール』の条件を無事クリアしただろ。

この一瞬の隙をつく以外に、俺に勝ち目はない。

俺はそう考えて、長剣を引き抜くと同時に左手をぐっと魔物に向ける。

「今度こそ頼むぞ。『スティール』！」

俺が『スティール』を使うと、左の手のひらがぱぁっと小さく光って、小さな画面が現れた。

『スティールによる強奪成功　スキル：鉱石化（魔）』

「『鉱石化』か。なるほど、見た目通りのスキルだな」

俺は表示された画面を見て、小さく笑みを浮かべる。

……どれ、防御力を大きく削られたこの魔物はどれくらい斬れるんだ？

俺は魔物が麻痺状態から回復して、態勢を整えようとした瞬間に、長剣を思いっきり上から振り下ろした。

「『豪力（魔）』！」

ズシャァァァッ!!

「ギガアアアッ!!」

俺の剣を横腹にもろに食らった魔物は大きな悲鳴を上げた。

体が真っ二つになることはなかったが、血の量が尋常ではないみたいだ。

「ガ、ガ……」

魔物は何が起きているのか分からなかったのか、何も言えずにふらふらしている。

それなら、今のうちにまたスキルを奪ってしまうか。

俺はそう考えて、左手を魔物の横腹に当ててぐっと力を入れる。

「『スティール』」

　すると、俺の左の手のひらがぱぁっと小さく光って、また画面が現れた。

『スティールによる強奪成功　スキル：嵐爪《らんそう》（魔）』

　俺はその画面を見て、なるほどと頷く。『風爪』の威力を数倍にしたものだと思ったら、風ではなく嵐ときたか。

「ガ、ガアアアッ‼」

　俺がそんなふうに感心していると、魔物は最後の悪あがきをするように、振り上げた片手を俺に振り下ろしてきた。

　まともに食らえば、結構なダメージを負うかもしれない勢い。

「どれ、試してみるか……『鉱石化（魔）！』」

　俺が『鉱石化（魔）』のスキルを使うと、俺の左の腕の肘から下が鉱石が連なったようなもので包まれた。

　なんかもう一部分だけ魔物になったみたいだな。

　俺はそんなことを考えながら、魔物からの一撃をその左手で振り払う。

　ガギィン！

「ガ、ガア？」

「ほぉ、これは凄いな」

　どうやら、『鉱石化（魔）』は魔物からの一撃を防げるくらいの強度があるらしい。

「ガ、ガ、」

「ああ、そうか。本当はスキルを使うつもりだったのか？」

俺は困惑している魔物を見て、すっと剣を振り上げる。

そして、俺は新たに奪ったスキルを使いながら、剣を振り下ろす。

「『嵐爪（魔）』‼」

ズシャァアッン‼

「ガアアアァァァ‼」

すると、勢いよく繰り出された斬撃が魔物の体を真っ二つにした。

そして、勢い余った斬撃は幹の太い木に大きな傷跡を残した。

俺はその威力に引きながら、辺りを見渡して顔を引きつらせる。

「……なんか魔物同士の戦いの後みたいだな」

そう思ってしまうくらい、俺たちの周りの木々や地面には惨《むご》い傷跡が残っていた。

C級冒険者と魔物が戦った後だとは、誰も思わないだろう。

「ろ、ロイドさま。すみません、加勢できませんでした」

俺がそんなことを考えていると、リリナが申し訳なさそうな顔で俺の前に現れた。

普段は立っている耳が垂れているあたり、自分が加勢できなかったことに責任を感じているらしい。

「いいんだよ、リリナ。むしろ、下手に飛び込んでこなかったってことは、冷静な判断ができてるって証拠だよ」

「うぅ、ロイドさま優し過ぎますぅ」

俺はそう言いながら、肩を落としているリリナの頭を撫でてリリナの元気が出るまで待つことにした。

お、少し耳がピコピコと動いてきたな。

そんなことを考えながら、俺は撫で心地がいい頭をしばらく撫でるのだった。

◆◆◆

「ふー、やっと帰ってこられたな」

「はい！　ロイドさまのおかげです！」

『ポーションハーブ』を手に入れて数日後、俺たちは無事リリナの家に帰還《きかん》していた。

『潜伏』をしながら山を下ってきたのだが、その途中で何度も魔物と戦闘をすることになった。

その結果、俺たちは森に入る前と比べて驚くくらいレベルが上がっていた。

スキルも色々と奪えたし、秘薬探しのイベントのはずが、レベルアップのためのイベントみたいになってしまった。

「それじゃあ、リリナはお母さんに秘薬を持っていってあげてくれ」

「分かりました！　少し時間がかかると思うので、ゆっくりしていてくださいね！」

「はいよ。お構いなく」

リリナはそう言うと、薬草をすり潰す道具一式と秘薬を持って、お母さんがいる部屋に入っていった。

俺は扉を挟んで聞こえる二人の楽しげな会話を聞いて、小さく笑みを浮かべる。

これで、秘薬の採取イベントは無事完了ってところだな
俺は数日泊まらせてもらったリリナの家をぐるっと見渡す。

多分、これでこの家も見納めだろう。

そして、楽しかったリリナとの旅も終わることになる。

そりゃあ、そうだ。

本来、俺たちは一緒にいるはずのない二人だからな。

「……寂しくなるよなぁ」

俺はここ最近の数日間を思い出して、少しだけしんみりとした声を漏らした。

「ロイドさま！　お母さんに秘薬を飲ませてきました！　顔色が凄く良くなりましたよ！」

それから少しして、戻ってきたリリナは嬉しそうな笑みを浮かべていた。

リリナの揺れる耳を見るだけで、お母さんの状態が良くなったことが伝わってくる。

「そっか。それはなによりだな」

「はい！　あと数日飲ませれば、きっと病も治るはずです！」

リリナは俺のもとに駆け寄ってくると、俺を見上げて尻尾《しっぽ》をフリフリとさせている。

俺がリリナの頭を撫でてやると、リリナは表情を一段と緩める。

「にへへっ♪」

心地よさそうに目を細めるリリナをしばらく撫でてから、俺は名残惜《なごりお》しさを覚えながらそっとリリナの頭から手を離す。

……悪役のくせに、ヒロインに近づき過ぎだよな。

俺はそんなことを考えながら、小さく咳ばらいをする。

「それじゃあ、俺はそろそろ行くかな」

「ロイドさま、どこかに行かれるんですか？」

「どこにって訳じゃないけど、リリナもリリナのお母さんも体の具合が良くなったんだ。俺は街にでも戻るよ」

「え？」

ずっと心を支えてもらっていたアニメ『最強の支援魔法師、周りがスローライフを送らせてくれない』。

今回のイベントを完遂《かんすい》することで、そのヒロインの命を助けることができた。

主人公のケインの代わりとしては、十分過ぎる働きだろう。

こんな俺でも、少しは恩返しができたかもしれないな。

「ん？　リリナ？」

俺がそんなことを考えていると、リリナが慌てるように俺の服の裾を引く。

「私を連れていってはくれないのですか？」

俺を見上げたリリナは、目に涙を溜めながら俺をじっと見つめている。

俺はその涙を前にして、言葉を失ってしまう。

「まだまだ恩を返せてません。なんでもするので、隣にいさせてください！」

必死なリリナの顔を見て、俺は一瞬頷きそうになる。

しかし、俺はその気持ちを必死に抑えて、代わりに悪者のような笑みを浮かべた。

「いいのか？　俺は街中から嫌われてる悪役だぞ？」

本当なら、すぐにでも頷いてリリナと一緒に旅をしたい。

しかし、そう思いながらも俺には頷けない理由があった。

ロイドと一緒にいるということは、リリナがロイドの仲間として見られてしまう。

それは当然、リリナが生きやすい環境ではなくなる。

そう考えると、ここでリリナを突き放した方がいいのではないかと思った。

だから、俺はあえてアニメで見たロイドの悪い顔を再現して、リリナが俺から離れるように仕向ける。

「……くすっ」

しかし、俺の考えに反するように、リリナは突然噴き出した。

「あ、あれ？　何かおかしいところあったか？」

「だってロイドさま、似合わないことをするから」

「似合わない？　えっと、何がだ？」

「たまにする悪ぶった顔ですよ。ロイドさま、全然そんなお方じゃないのに」

リリナはそう言うと、余程おかしかったのかしばらく笑っていた。

俺はリリナの言っていることの意味が分からず、首を傾げる。

「いやいや、俺は現在進行形で悪役だぞ？」

俺がそう言うと、リリナは優しく首を横に振る。

「初めて会ったとき、凄く驚きました。悪い噂しか聞いたことがないのに、全く邪気を感じなかったので」

「邪気？」

「私たちの種族って、本能的に悪い人かどうか感じ取ることができるんです。でも、ロイドさまからはその邪気を全く感じませんでした」

リリナに言われて、俺は確かにそんな設定があったなと思い出す。

ん？　そういえば、リリナにもリリナのお母さんにも、やけに顔を見られたな。

随分と人のことを見てくるなと思ったけど、あれって邪気を見ていたのか？

あれ？　じゃあ、今まで俺がたまに悪ぶっていた意味ってなかったのか？

なんだろう。急に恥ずかしくなってきた。

俺がそんなことを考えていると、リリナは続ける。

「初めは困惑しましたけど、数日ともに過ごしていく中で、ロイドさまが優しい人だって伝わってきました」

俺はリリナに優しい顔を向けられ、慌てて口を挟む。

「でも、噂は本当だぞ。多分、俺は過去に取り返しがつかないようなことを色々している。リリナが軽蔑《けいべつ》するようなこともたくさんしてきた」

しかし、リリナは俺の言葉を聞いても、優しい顔で俺を見つめ続ける。

「そうだとしても、私は今の優しいロイドさましか知りません。それに、今度ロイドさまがそんなことをしようとしたら、私が命に代えてでも止めてみせます」

リリナはそこまで言うと、俺の服の裾から手を放して姿勢を正す。

「なので、ロイドさま。私を一緒に連れて行ってくださいませんか？」

俺はリリナの真剣な表情を前にして、気持ちが揺らいでしまう。

おそらく、今後俺とパーティを組んでくれる人は現れないだろう。

今この機会を逃すと、俺は今後ずっとソロで依頼を受けていかなければならない。

それなら、リリナのような子が仲間になってくれた方が助かる。

きっと、ここでリリナの言葉に頷くだけで、随分と生きやすくなると思う。

俺はそんなことを考えてから、首を縦にも横にも振らず言葉を漏らす。

「……その言葉に答える前に、リリナには会って欲しい人がいるんだ」

俺は自己中心的になりかけた考えを振り払い、少しの笑みを浮かべる。

やっぱり、リリナの隣は俺じゃダメだと思う。
俺はアニメでケインの隣で笑っているリリナを思い出して、そんなことを思った。
出会えなかったのなら、俺が会わせてあげないとな。
それがきっと、一番良い選択なのだろう。
俺はリリナの幸せな未来のために、リリナをケインに会わせることにした。

第六話　主人公、ヒロインと出会う

I was reincarnated as the leader of a villain party that specializes in banishment, so I banished myself before I got my comeuppance.

リリナのお母さんに秘薬《ひやく》を飲ませて数日後、リリナのお母さんの病は見事に完治した。

そして、俺たちは街にある冒険者ギルドに向かっていた。

目的はもちろん、リリナとケインを会わせるためだ。

「あの、ロイドさま。私に会わせたい人ってどんな人なのですか？」

リリナは俺のすぐ隣を歩きながら顔を上げる。

この距離間でいてくれるのも、きっとケインに会うまでなのだろうなと思うと、少し胸がキュッとした。

「そうだな。困っている人がいると知らない人でも手を差し伸べてしまうようなお人好しで、仲間のことも大切に扱ってくれる優しい人だよ」

「それって、ロイドさまのことなのでは？」

リリナは本気の顔でそう言うと、可愛《かわい》らしく首を傾《かし》げる。

何をどうしたら、ロイドのことをそんなふうに思えるんだろうな。

俺はそう考えながら、冒険者ギルドの扉に手をかける。

……この扉を開けたら、リリナはケインのもとに行ってしまうのか。

「ロイドさま？」

「なんでもない。いくぞ、リリナ」

俺は決心が揺らいでしまう前に、勢いに任せるように扉を開けた。

どうせどれだけ考えても、俺の結論は変わらない。

それなら、これ以上考えても仕方がないだろう。

「ほら、リリナ入ってくれ」

「はい。わぁ、冒険者ギルドってこんな感じなんですね。初めて入りました」

リリナは興味津々といった様子で、冒険者ギルドの中をきょろきょろと見ている。

その無邪気さを前に、俺は小さく笑みを浮かべる。

「おい！　酒はまだか！　どれだけ待たせるんだよ!!」

俺たちが冒険者ギルドを歩いていると、そんな怒鳴り声が聞こえてきた。

併設されている酒場に少し怖い客がいるみたいだが、これも冒険者ギルドの一面だ。

リリナもこれからケインと旅をするなら、こんな光景をよく見るかもしれないな。

「おいおい！　店員！　なんだそのクソみたいな耳飾りはよぉ！　そんな安物じゃなくて、金の物をつけろよなぁ……この貧乏人が!!」

厄介《やっかい》な酔っ払いでもいるのだろうか？　やけにうるさいテーブルがあるな。

「なんだぁ、おまえら。A級冒険者の俺たちに文句でもあるのか？　あぁ？」

ん？　暴れているのはA級冒険者なのか。

というか、ロイドたち以外にも冒険者ギルドであんな暴れ方する連中がいるんだな。

一体、どんな冒険者なのだろうか？

俺は気づかれないように、ちらっとその冒険者の方に視線を向ける。

「……え？」

見間違い、とかではないよな？

俺は目をごしごしと擦ってから、再びその冒険者の方に視線を向ける。

黒髪で平均的な顔立ちをしていて、体の線が細い男。

何度もアニメで見たことのあるはずのそのキャラクターは、俺が知っているキャラクターとは別人になっていた。

以前のロイドのように髪をツンツンに上げていて、金色の装飾品をこれでもかというくらいに身に着けて、両手には宝石のついた指輪をはめている。

元々優しい顔立ちをしていたはずだが、人を小ばかにするような顔をしていた。

「ケイン、なのか？」

俺の視線の先にいたのは、このアニメの主人公だった。

人違いだよな……いや、両隣にレナとエミがいるし、ザードもいる。

ということは、人違いじゃないのか？

二人の女の子に腕を組まれてご満悦《まんえつ》な顔をしているケインは、とてもアニメの主人公の顔つきではなくなっていた。

「どうしたんですか、ロイドさま？」

リリナは俺の視線の先を追って、ケインの姿を見て顔をしかめる。

「うわぁ、何ですかあの人……気持ち悪い」

いや、それアニメでリリナがロイドに言うセリフだから！

リリナが眉間にシワを寄せて軽蔑《けいべつ》している姿を見て、俺はただ目の前で起きている事《じ》態《たい》に困惑《こんわく》する。

一体、何がどうなったらこうなるんだ。

「なんなんですか、あの人。邪気まみれじゃないですか」

「そ、そんなに酷いのか？」

リリナは俺の隣で舌をちろっと出してから、大きく頷《うなず》く。

「酷いなんてもんじゃないですよ。近づきたくもないです」

リリナはそう言うと、目を細めてケインを睨《にら》んでいた。

……アニメの展開だとあれだけケインにベタベタだったのに、こんなにリリナがケインを嫌悪《けんお》するとは。

「ロイドさまとは大違いですね。まったく」

「そう、かもな。いや、どうなんだろうか」

俺は隣で大きなため息を吐《つ》くリリナに上手く言葉が返せず、少し口ごもる。

リリナにケインを紹介するために冒険者ギルドに来たのだが、リリナのケインに対する第一印象は最悪そうだ。

リリナの幸せな未来のためにと思ったのだが……

「ロイドさま？」

「ちょっと待ってくれ。少し考える」

俺はこてんと可愛らしく首を傾げるリリナを見ながら、唸《うな》り声《ごえ》を上げる。

想定外過ぎる展開を前に、どうすればいいのか分からなくなってきたな。

「ん？　お！　その品のない金髪はロイドじゃねーかよ！」

俺が頭を悩ませていると、ふいに大きな声が俺の名前を呼んだ。

その声は、さっきから店員に怒鳴り散らしていた声と同じものだった。

ということは、つまり……

俺が恐る恐る顔を上げると、そこにはジョッキを傾けているケインの姿があった。

あれだけロイドにいじめられて、ロイドの名前を呼ぶときはおどおどしていたはずのケインが、ふんぞり返りながら俺の名を呼んでいる。

ていうか、今ロイドの髪を品がないとか言わなかったか？

「なんですかあの人間。ロイドさまを侮辱《ぶじょく》するなんて許せませんね」

リリナはそう言うと、据わった目をケインに向けたまま短剣を引き抜こうとした。

俺はリリナの行動に驚きながら、慌てて短剣を引き抜こうとした手を押さえる。

「まてまて、リリナ！　いいんだって、ロイドはそれだけのことをしたんだよ。あいつにも他の冒険者にも、街の人たちにも」

そういえば、アニメではケインのことを馬鹿にされたとき、リリナはこんな感じで怒っていた。

でも、俺は悪役で嫌われ者のロイドだ。

だから、ロイドが少し何かを言われたくらいで、リリナがここまで怒ってくれるとは思いもしなかった。

ヒロインが主人公に刃《やいば》を向ける展開になるなんて思いもしないだろ。

「でも、あの人間はロイドさまを悪く言いました」

リリナはむくれて片頬《かたほお》を膨らませる。

俺は可愛らしいリリナの表情を見て、くすっと小さく笑う。

「ありがとうな。リリナがそう思ってくれるだけで俺は嬉しいよ」

俺がリリナの頭を撫でると、リリナはむすっとしながらも銀色の耳を動かす。

うん。少しは落ち着いてくれたみたいだな。

「おい、ロイド！　ケインに挨拶《あいさつ》もなしかよ！」

すると、今度はザードが大声で俺の名を呼んだ。

いつもロイドを煽《おだ》てながら、ケインを馬鹿にしていたザードはどこへやら。

もうすっかりケインの取り巻きとして定着したらしい。

俺はザードを睨むリリナの頭をぽんぽんっとしてから、ケインたちの卓を見る。

ここまで言われて無視をするわけにはいかないよな。

無視したらもっと怒鳴ってきそうだし。

「仕方がない。じゃあ、行くか。挨拶と紹介に」

「紹介？」

「言っただろ、リリナに会わせたい人がいるって」

「紹介したい人……え⁉　ロイドさま、本気ですか？」

俺は隣で驚く声を上げるリリナをそのままに、ケインたちの卓に向かった。

「久しぶりだな、ケイン」

「おー、久しぶりじゃんかよ、ロイドくん」

ケインはレナとエミに腕を組まれながら、ニヤッとした顔で俺を見上げる。

その顔は俺を見下しているようで、どこか勝ち誇ったような顔をしていた。

「ロイドぉ、噂は聞いてるぜ。随分と落ちたみたいだな。自慢の装飾品はどうしたよ？」

ケインはにやにやと笑みを浮かべながら、俺に言う。

ツンツンで上げられた髪も相まって、アニメのロイドの姿と今のケインの姿が重なって見える。

「売ったんだよ。金が必要でな」

「アッハッハッ！　そうか！　ソロのC級冒険者じゃ、前みたいな生活はできないよなぁ！」

ケインが高笑いをしながら隣にいるエミとレナに話を振ると、二人も同じように声を上げて笑う。

そして、エミとレナは俺を見上げてから順々に口を開く。

「ロイドさん、貯金とかできませんもんね。装飾品を売ったお金もすぐに使ってしまったんでしょうね」

「冒険者としてランクが落ちただけじゃなくて、男としても終わったわね。あんた」

二人はそう言いながら、より一層強くケインに腕を絡めた。

二人に体を寄せられて、ケインは俺に自慢をするようにニヤリと笑う。

別に、エミもレナも元々ロイドの女って訳じゃないのだが、ケインからしたら奪ってやったという感じなのだろう。

……それにしても、こいつ本当に俺の知ってるアニメの主人公だよな？

主人公らしさはどこに置いてきたんだよ。

「なぁ、ケイン。何があったんだ？　色々と変わり過ぎてないか？」

「あぁ？　別に何も変わってないだろ」

俺が思わず聞くと、ケインはバツが悪そうに俺から顔を背ける。

いや、さすがに何も変わっていないは無理があるだろ。

「ん？」

俺がそんなことを考えていると、ぼろい服を着た一人の男が近づいてきた。

昔のケインみたいなその男は、申し訳なさそうにちらちらっとケインを見ている。

どうしたのだろうか？

「あの、ケインさん。今日の分の報酬《ほうしゅう》をいただけないでしょうか？」

「報酬？　おまえ今日何かしてたっけ？」

「え？　いや、何かって荷物持ちとか、後方支援とか……」

そこまで話を聞いて、ようやくその男が新しく入ったメンバーであることに気がついた。

他のメンバーと装備品も違えば、雰囲気も全く違う。

それに、やけに離れた所にいるせいか、同じパーティ仲間だとは気づけなかった。

「あー、そういえば、後ろの方でちょろちょろしてたな」

……凄く既視感を覚える会話だ。

俺がそんなことを考えていると、ケインはポケットから小銭を手に取り、それを足元に投げた。

「ほら、拾えよ」

「こ、これだけですか？　こんなお金でどうやって生活しろって言うんですか⁉」

「嫌ならやめろ。荷物持ちなんて代わりはいくらでもいるからな」

ケインがそう言って笑い出すと、他のパーティメンバーたちも一緒になってその男のことを笑い始める。

……これって、アニメでケインがロイドたちにされていたことだ。

俺がそんなことを考えていると、ケインがひとしきり笑った後に何かに気づいたようにこちらをちらっと見る。

「ん？　なんだそのガキは……お、獣人か」

ケインはそう言うと、ジョッキに残っていた酒を一気に飲み干してから立ち上がる。

「おい、喜べガキ。おまえを俺のパーティ『竜王の炎』のメンバーに入れてやろう。うちで荷物持ちをさせてやるよ。獣人は体力馬鹿だからな、ボロボロになるまで使ってやる。それに、面《つら》も悪くないじゃねーか。ほら、こっちにこい」

ケインはそう言うと、すっとリリナに手を伸ばす。

体力馬鹿だから荷物持ちをさせる？　ボロボロになるまで使う？

今、リリナに向かってそんなことを言ったのか？

俺はケインの言葉を聞いて、カッと頭に血が上るのを感じた。

気がついたときには、俺は拳を振り上げていた。

そして、次の瞬間、パシンッという音が冒険者ギルドに響く。

「え？　リリナ？」

俺はその音を聞いて、握っていた拳の力を緩めた。

パシンッという音は、俺がケインを殴ったのではなく、リリナがケインの手を叩いた音だった。

「私に気安く触らないでください」

リリナはケインに冷たい目を向ける。

思いもしなかった事態に、一瞬冒険者ギルドがシンッと静まり返る。

「こ、このっ、ガキ……」

やがて、ケインは自分の誘いを断られたことに気づいたらしく、顔を真っ赤にしてプルプルと震えていた。

俺は自分を落ち着かせるように短く息を吐いてから、リリナとケインの間に入ってケインをじっと見る。

「悪いな、ケイン。この子は俺のパーティメンバーなんだ。引き抜きはやめてもらおうか」

「ロイドさま！」

俺の言葉を聞いて、リリナは表情を一転させてぱぁっと明るくなった。

思わず出てしまった言葉だが、そこに後悔の気持ちはまるでなかった。

俺のこの発言は、以前のリリナの言葉に対する答えになると思う。

『なので、ロイドさま。私を一緒に連れて行ってくださいませんか？』

リリナの幸せのためには、ケインと一緒にいた方がいいと思っていた。でも、現状が現状だ。

　こんな状態のケインにリリナを渡すわけにはいかないだろう。

　そんなことを考えながら、俺の心の中はすっきりとしていた。

　ケインにリリナを渡さなくてもいい。まだリリナと旅をできるということに、俺は喜びを隠せず笑みを浮かべていたのだ。

　そんな俺の表情を見て、リリナもにへらっと緩んだ笑みを浮かべる。

「……いやいや、俺だぞ？　A級パーティ『竜王の炎』のリーダーが直々に誘ってやったんだぞ？　断らないだろ、普通は」

「ケイン？」

　すると、ケインが小声でぶつぶつと何かを言っていた。

　俺がケインの顔を覗《のぞ》こうとすると、レナとエミがケインの体に身を寄せる。

「ケイン、いいじゃん。私たちがいるんだから、こんなガキいらないでしょ？」

「そうですよ。子どもじゃできないことも、私たちならできますから」

　レナとエミが色っぽくケインにそう言うと、ケインはまたすぐに顔をにやけさせる。

「……それもそうだなぁ。よく見れば、発育も悪いただのガキだ。あんな奴いらん。まぁ、落ちぶれた奴にはちょうどいいかもしれないけどなぁ！　アハハッ!!」

　ケインが高笑いをすると、それに合わせたようにパーティメンバーたちも笑いだす。

　そして、最後に『こんな落ちぶれた奴と同じ場所にいたら、俺たちも落ちぶれちまうなぁ！』と言い残して、ケインたちは冒険者ギルドを後にした。

「ロイドさまは、落ちぶれてなんかいません！」

「リリナ、俺は大丈夫だから」

ケインが出ていく間、リリナが色々と俺を庇《かば》ってくれたが、ただケインたちの笑いを誘うだけの結果になってしまった。

まぁ、誰が見ても落ちぶれていっているのは明白だしな。

「それにしても、ケインの奴随分と変わったなぁ」

「私、あの人嫌いです！」

リリナはそう言うと、ふんすと怒って頬を膨らませた。

まぁ、あの状態のケインを気に入る奴はいないよな。

本当に、何が起きているのやら。

すると、リリナはハッと思い出したようにこちらを振り向いた。

「ロイドさま！　ロイドさまの気が変わらないうちに、パーティの手続きを済ませちゃいましょう！」

リリナの銀色の耳も尻尾《しっぽ》もご機嫌そうにピコピコ、ブンブンと動き回っている。

どうやら、さっきの俺の言葉が相当嬉しかったらしい。

俺は最後の確認をするため、アニメで見たロイドがしていたような悪者顔をする。

「言っておくが、俺とパーティを組んだら、かなり生きづらくなると思うぞ。俺は街中の嫌われ者だからな。それでもいいというのなら――」

「はい、喜んでご一緒します！」

「いや、少しは考えてから返答してくれよ」

リリナは俺にニコニコ笑顔を向けながら、食い気味でそんな言葉を口にする。

そして、リリナはきゅっと俺に抱きつくと、微《かす》かに頬を赤らめながら俺を見上げる。

「私はずっと一緒にいますよ。ロイドさま」

「っ」

俺はリリナのまっすぐ過ぎる言葉を前に、思わず鼓動を速まらせる。

……さすが、このアニメのヒロインだ。

言葉回しとか、ふと見せる表情にドキリとさせられてしまう。

「ロイドさま？　顔が少し赤いみたいですけど」

「き、気のせいだ。何も問題はない」

俺がリリナを体から離そうとその肩に手を置くと、リリナは抱きしめ返されたと勘違いしたのか、にへらっと緩んだ笑みを浮かべる。

「にへへっ♪」

……無自覚の破壊力って恐ろしい。

俺は顔を埋《うず》めてきたリリナの肩をぽんぽんっと叩いて、冒険者ギルドのカウンターを指さす。

「ほら、手続きを済ませるんだろ？　早くいこうぜ」

「そうでした！　ロイドさま、早くいきましょう！」

俺が声を少し上擦《うわず》らせてそう言うと、リリナはハッと思い出したような反応をしてから俺から離れる。

俺はコロコロ変わるリリナの表情に笑みを浮かべてから、リリナを連れて冒険者ギルドのカウンターに向かった。

するとそこには以前に冒険者ランクの件でお世話になったエナさんがいた。

「すみません。パーティの申請をお願いしたいんですけど」

「え、パーティの申請ですか？」

エナさんはちらっと俺の隣にいるリリナを見て、眉根を寄せる。

エナさんは何か言いたそうな顔を俺に向けてから、視線をリリナに戻す。

「えーと、お嬢ちゃん。本当にロイドさんとパーティを組みたいの？」

「？　はい、そうですけど」

リリナはエナさんの言葉の意味が分からなかったのか、可愛らしく首を傾げる。

まぁ、何が言いたいのかは大体想像つくけどな。

エナさんは再び細めた目を俺に向けてから、リリナに耳打ちをする。

「ロイドさんに弱みを握られたり、騙《だま》されたりしてない？　無理やり連れてこられたりとか、強要されたりとか」

俺はがっつり聞こえる悪口を前に、顔を引きつらせる。

まぁ、でも、普通はそう考えるか。

街中から嫌われているロイドが誰かとパーティを組んでもらえるはずがない。

もしもパーティを組めるとしたら、それは普通じゃないことをして連れてきた以外に考えられない。

冒険者ギルドの職員としては、止めるのが普通だよな。

「ロイドさまを悪く言うのはやめてください」

俺がそんなことを考えていると、リリナがエナさんをじろっと睨んだ。

「え？　いやいや！　ロイドさんを悪く言ったというか、一般的な話をしているだけで――ん？　ロイドさま？」

エナさんは想定外の反応にあわあわとしてから、首を傾げる。

すると、リリナがカウンターに身を乗り出して、キッとエナさんをさらに強く睨む。

「ロイドさまは私の命の恩人です！　初めて会った私に無償で高額のポーションをくれたり、病の母のために危険な魔物と戦ってくれたり、本当に優しい人なんです！　そんな私のヒーローを悪く言わないで‼」

リリナの声は冒険者ギルド中に響き、一瞬シンッと静まり返った。

……主人公の次は、ヒーローときたか。

ちらっと辺りを見ると、全員信じられないものを見るような目で俺たちのことを見ていた。

そりゃ、ロイドのことを知ってる連中からしたら、信じられない言葉だろうな。

改めて考えてみると、アニメで知っているロイドが取るような行動ではない。

うん、驚かない方がおかしい。

「リリナ、落ち着いてくれ。俺は大丈夫だから、な？」

「……ロイドさんが人助けを？」

エナさんはリリナの言葉を聞いて、信じられないものを見るような目を俺に向ける。

まぁ、そういう反応にもなるか。逆だったら、俺も同じような反応をするだろうな。

俺は小さくため息を漏らしてから、エナさんに視線を戻す。

「エナさん。そういうわけなんで、パーティの申請をお願いします」

「わ、分かりました」

やけに静かになってしまった冒険者ギルドで、エナさんが動く音だけが響いていた。

他の冒険者たちもずっと俺たちのことを見ているし、とても気まずい空気だ。

俺は頬を掻《か》いてから、気まずさを紛らわすように口を開く。

「そういえば、近くの山の魔物たちがおかしかったですよ。山の上の方には本来いないはずの魔物たちがいましたね。下の方にも魔物がわんさかいました」

「え？　最近、山に行ったんですか？」

「ええ、ちょっと用があって山のてっぺんまで。なんであんなに山の魔物の生態が変わったんですかね？」

俺が山の出来事を報告すると、エナさんの動きがぴたりと止まった。

そして、何かに葛藤《かっとう》するような表情で俺をじっと見る。

「エナさん？」

あれ？　俺変なこと言ったかな？

「ロイドさん、少しだけお時間いいですか？」

「え？　はい、大丈夫ですけど」

意を決したようなエナさんの言葉に、俺は小さく頷く。

冒険者ギルドの職員が、ロイドに話？

まるで想像ができない展開を前に、俺は眉をひそめるのだった。


俺たちはそのまま冒険者ギルドの奥の部屋に連れていかれてしまった。

アニメでも見たことのある簡易的な個室には、ソファーとテーブルくらいしか置かれておらず、俺とリリナはエナさんと向かい合うように座っている。

わざわざパーティの申請の手続きを個室でやる必要はないし、何か別件で俺に用があるのだろう。

……ロイドが過去にした悪事に関することとかじゃないよな？

俺がそんなことを考えていると、エナさんが重そうに口を開く。

「ロイドさんが言っていた山の魔物の件についてですが、原因は判明しているんです」

「え、そうなんですか」

どうやら、話というのは俺が報告した山の魔物たちのことについてらしい。

よかった。とりあえず、ロイドの悪行についての話ではないみたいだ。

俺は安堵のため息を吐いて、胸を撫でおろす。

山の魔物たちのことについても、原因も分かっているみたいだし、すぐに解決してくれるのだろう。

ん？　その割にはエナさんの表情が暗い気がするな。

「……実は『竜王の炎』の行動が問題でして」

「え、『竜王の炎』が？」

俺は思いもしなかった言葉を聞いて、間の抜けた声を漏《も》らす。

なんでここで、前にロイドがいたパーティの名前が出てくるんだ？

俺が目をぱちくりとさせていると、エナさんは続ける。

「どうやら、『竜王の炎』はレベル上げと高価な素材のみを集めようとしているらしく、ケインさんがザードさんに『支援』のスキルを使って、ザードさんの『デコイ』で強い魔物を近くの山に呼び込んでいるんです」

「そ、そんな使い方があるとは……なるほど」

『デコイ』というのは、魔物の囮《おとり》になるスキルだ。

自分に魔物の意識を向けるスキルなのだが、それをケインの『支援』で底上げして、遠くの魔物も寄ってくるようにしているということか。

要するに、コバエ取りみたいな感じで魔物が寄ってくる状態を作っているのだろう。

……随分と効率的なレベルの上げ方だな。

アニメでも見たことのないレベル上げの方法だが、効率的で良い方法かもしれない。

「ん？　でも、集めた魔物はちゃんと倒すんですよね？　それなら、そこまで問題はないのでは？」

魔物を『デコイ』で呼べば、一瞬は魔物の生態系は崩れかけるかもしれない。

でも、すぐにその魔物を倒してしまえば、そこまで影響が出ないはずだ。

俺がそう考えて口にすると、エナさんが小さく首を横に振る。

「いいえ。時間の無駄だと言って、実入りのいい魔物以外は放置しているみたいです。私も他の冒険者から聞いたことなので、詳しくは分かりませんけど」

「え、魔物を集めるだけ集めて放置してるんですか？」

「はい。『雑魚《ざこ》を相手にするほど、俺たちは暇じゃない』と言っていまして」

「いや、それってギルドが注意をすれば、あいつらも従うんじゃないですか？」

魔物を呼ぶだけ呼んで放置するなんてことをしていたら、生態系が壊れることくらい分かるはずだ。

というか、そういうのを一番気にしそうなケインがいるはずなのに、なんでそんなことになっているんだ？

　俺が首を傾げていると、エナさんは続ける。

「注意は何度もしているんですが、全然話を聞いてくれないんです。あのパーティ、ケインさんがリーダーになってから、素行の悪さに拍車《はくしゃ》がかかってるんですよ」

　エナさんはそう言うと、深いため息を漏らす。

　そして、俺はエナさんの言葉を聞いて、すっかり変わってしまったケインのことを思い出した。

「あ、そうだ。そういえば、ケインに何があったんですか？　久しぶりに会ったら、なんかキャラが違い過ぎてたんですけど」

「あれ？　あ、そうでしたね。ちょうど、ロイドさんが冒険者ギルドに顔を出さなくなってからでしたね。ケインさんが変わってしまったのは」

　エナさんは眉尻を下げて、悲しそうな笑みを浮かべた。

「『竜王の炎』のリーダーになってから、ケインさんは随分と変わりましたよ。今まで溜まっていた鬱憤《うっぷん》を晴らすように、荷物持ちの子を雇って八つ当たりしたり、冒険者とか街の人を馬鹿にして歩き回っているみたいです」

「……へ？」

　俺はエナさんの言葉を聞いて、間の抜けたような声を漏らしていた。

　このアニメの主人公であるはずのケインがそんなことをしているのか？

あれ？

これって、ケインとロイドの立場が逆転してきてないか？

それから、俺たちは最近のケインの素行について色々と聞かされた。

酒場で暴れるのは常習的で、街の人たちにも罵声を浴びせる始末。

気に入らない奴らは『支援』を使って、ザードたちに手を上げさせて、気に入った女の子がいれば手を出しまくる。

その結果、『竜王の炎』は以前よりも嫌われてしまい、ロイドが抜けた後の前衛職を埋めることもできずにいるとのこと。

アニメのロイド以上に調子に乗った行動の数々を聞かされて、俺は頭を抱えていた。

そして、そんな俺の隣ではリリナがぷりぷりと可愛らしく怒っている。

「まったく、そんなことをするなんて信じられません！　ロイドさまを見習って欲しいものです！」

「そうですね。今のケインさんなら、以前のロイドさんの方がマシだったかもしれません。今までのことがあったとはいえ、ケインさんはひど過ぎますよ」

二人がそう言いながら頷く隣で、俺は一人冷や汗をかいていた。

「ロイドさま？」

俺は可愛らしく小首を傾げているリリナを見てから、顔を俯《うつむ》かせる。

……これって、俺がケインをパーティから追放しなかったからだよな？

ケインが俺にざまぁをしないようにと考えて、パーティ内に居場所を作って、自分自身を追放したのだが、どうやらそれが見事に裏目に出たらしい。

他のパーティメンバーに担がれてしまったせいか、ケインは調子に乗って、アニメのロイドのような性格になってしまったみたいだ。

それも、溜まりに溜まった鬱憤をざまぁで解消できなかったからか、弱者を見つけて憂《う》さ晴《ば》らしをしているとのこと。

いやー、まさか、あのケインがこんなに変わるだなんて、想像つかなかったなぁ。

これって、山の生態系がおかしくなっているのも、間接的に俺のせいだよな。

俺はそう考えてから、申し訳なさそうに顔を上げる。

「ちなみに、ケインが放置した魔物たちの駆除依頼は出したんですか？」

「出してはいるんですけど、誰も受けてくださらないんですよ」

「え？　なんでですか？」

冒険者をやっている者なら、今の事態が早急に解決しなければならないことくらいは分かるはずだ。

緊急事態ということは、それなりに報酬だって弾むはず。

それなのに、頑《かたく》なに依頼を受けない理由が分からない。

俺がそう言うと、エナさんは深くため息を漏らす。

「『クソ野郎どもの尻ぬぐいなんてやるか！』って人が多いんです。ロイドさんがいた頃から、『竜王の炎』って街中から嫌われていましたから」

「な、なるほど」

俺はエナさんの言葉に、思わず顔を引きつらせる。

確かに、嫌われ者の『竜王の炎』がやらかした問題を、他のパーティがどうにかしようと思うわけがないよな。

それだけのことをしてきたわけだし、仕方がないことだろう。

そうなると、こんな状態でも山の魔物の駆除を引き受けるパーティはいないだろう。

……俺たちを除いて。

「分かりました。俺たちがその依頼を引き受けますよ」

「え⁉　引き受けてくださるんですか？」

俺がそう言うと、エナさんは驚いて顔を上げる。

「そもそも、俺たちに依頼を引き受けるよう説得するために個室に呼んだんですよね？」

「そうですけど、その、ダメもとだったと言いますか……」

エナさんは気まずそうに頬を掻きながら、俺から視線を逸《そ》らす。

まぁ、こんな面倒ごとをロイドが引き受けるだなんて誰も思わないだろうな。

「むむ。ロイドさま、さっきの嫌な人のために依頼を受けるんですか？」

俺がそんなことを考えていると、リリナが不満そうな顔でむくれていた。

嫌な人っていうのは、多分だけどケインのことを言っているんだよな？

どうやら、ケインの好感度は下がっていく一方みたいだ。

俺はそんなリリナに笑みを浮かべてから、小さく首を横に振る。

「それもあるけど、これは今までの俺の行動が原因だ。だから、責任を取るために引き受けるんだよ」

多分、今までのロイドの悪逆非道な行為がなければ、他のパーティも今回の依頼を受けてくれたかもしれない。

それに、ケインを追放しないという選択をしたのは俺だ。

それらの責任を取るためにも、何もしないわけにはいかないだろう。

俺がそう言うと、リリナはふんすっと両手の拳を握って意気込む。

「そういうことでしたら分かりました！　ロイドさまのためなら、何でもします！」

「ありがとうな、リリナ。本当に頼りになるよ」

俺がそう言ってリリナの頭を撫でると、リリナはにへらっと緩んだ笑みを浮かべる。

「でしたら、すぐに依頼書を持ってきますね！」

俺たちが依頼を受けると言うと、エナさんが慌てたように席を立った。

「あ、エナさん」

「はい？」

俺がそのまま個室を出ていこうとしたエナさんを呼び止めると、エナさんは首を傾げて振り向く。

「依頼書はいらないです。魔物の素材の買い取り金に少し色をつけてくれればいいですよ」

「……え？　い、いえ、さすがにそんなわけにはいきませんよ！」

エナさんは一瞬きょとんとしてから、顔の前で手をブンブンと横に振る。

依頼書がいらないということは、依頼の達成報酬をいらないと言っていることと同じだ。驚かれるのも当然かもしれない。

「いいんですよ。多分、そうしておかないと『手柄を横取りされた！』ってケイン辺りが突っかかってきそうなので」

「はは、なるほど。確かに、そうかもしれませんね」

エナさんは思い当たる節があったのか、頬を掻いて気まずそうに笑う。

もしかしたら、ケインも以前のロイドのように冒険者ギルドにも迷惑をかけているのかもしれないな。

俺はそんなことを考えながら、言葉を続ける。

「そういう訳なんで、今回の件は俺たちに任せてください」

今までのロイドの行動と、ロイドがケインをパーティから追放しなかったことが今回の問題の原因でもある。

それなのに、そこで報酬を貰ってしまったら、責任を取ったとは言えないだろう。

「……ロイドさん」

するとエナさんがバッと勢いよく頭を下げてきた。

「あの、先程は色々と失礼なことを言ってしまい、申し訳ありませんでした」

俺は一瞬固まってから、慌ててエナさんに頭を上げさせる。

「いやいや、いいですって。それなりのことをしてきましたからね」

これまでのロイドの行動を考えれば、もっと酷い罵倒《ばとう》を受けても仕方がないくらいだ。

「で、ですが……」

「いや、本当に大丈夫ですから。えーと、それじゃあ、俺たちはそろそろ行きますね」

「あ、待ってください！」

俺は頭を下げ続けるエナさんから逃げるようにその場を去ろうとしたのだが、エナさんにガッシリ腕を摑《つか》まれてしまった。

「せめて、依頼に必要なポーションや食事など、最低限のものはこちらで用意をさせてください！」

「いやいや、本当にお気遣いいただかなくて平気ですって」

「そういうわけにはいきません。どうか、せめて受け取ってください！」

エナさんにぐいぐいっと強引に頼まれてしまい、俺は断ることができず渋々頷くことになったのだった。

「……結局、色んなものを受け取ってしまったな」

俺たちはエナさんから色んなものを持たされて、少し重くなった荷物を背負って山に来ていた。

これなら、しばらくは山に籠《こ》もっても不自由なく暮らしていけそうだ。

エナさんなりの謝罪なのかもしれないが、そんなに気にしないでいいのにな。

「あの人、ロイドさまに近づき過ぎです」

そして、そんな俺の隣では少しむくれているリリナがいた。

どうやら、エナさんが俺の腕を握ってしばらく話していたことにジェラシーを抱いているらしい。

俺はリリナの可愛らしさを前に緩みそうになる顔を引き締める。

「それにしても、こんなにも早くまた山に戻って来ることになるとは思わなかったな」

「そうですね。少し前に何とか帰還したばかりなのに」

リリナの言葉を聞いて、俺は数日前を思い出して頷く。

以前山に来たときは、アニメと違う展開に巻き込まれて色々と大変だった。

そして、今回もアニメにはなかった展開に足を踏み入れてしまった訳だ。

今回もどうなるのか分からないが、慎重に行くに越したことはないだろう。

「とりあえず、以前と同じ感じで『潜伏』をしながら登っていこう。俺たちが倒すのは強いけどケインたちが相手にしなかった魔物だけでいい」

「え？　他の魔物たちとは戦わないんですか？」

「現状として、本来この森にいないはずの魔物はそういった魔物たちに追いやられたんだ。生態系を乱す魔物を叩けば、ここらへんの魔物は元いた場所に戻るだろ」

「なるほど。そういうことですね」

今回俺たちが相手にするのはコスパが悪いからと見逃され、ザードが『デコイ』を解いても元の縄張《なわば》りに戻らなかった魔物たちだ。

秘薬イベントのボスとも言える魔物から縄張りを奪うほどの魔物がいると思うと、C級冒険者が受けるべき依頼ではない気もする。

それでも、誰かが今の状況を何とかしないとだよな。

そんなことを考えながら、再び俺たちは山を登っていくことになった。

『潜伏』のスキルを使いながら進んでいったが、魔物が強くなるにつれて、『潜伏』のスキルが効きづらくなってきた。

山の中腹から頂上付近の道中、俺たちは『潜伏』スキルを使いながら魔物がいないことを確認して茂みからゆっくりと出る。

「さっきも、危うく『潜伏』がバレそうだったな。ここから先はさらに慎重に行こう」

「はい」

そして、茂みから出て数歩歩いた瞬間、俺たちの後ろからガサガサッと物音がした。

「ギャギャギャッ！」

「「うわっ！」」

俺たちが慌てて振り向いた先にいたのは、俺の身長の二倍以上ある大きさをしたコウモリの魔物だった。

「なんなんだあのコウモリみたいのは、でか過ぎんだろ！」

ていうか、なんでこいつは『潜伏』をして隠れていた俺たちの背後を取れたんだ？

俺は隣にいるリリナをちらっと見る。

「リリナ、陰からあいつの隙《すき》をついてくれ。『潜伏』がバレやすい魔物なのかもしれないから、気をつけてくれ」

「分かりました！　ロイドさまもお気をつけて！」

リリナはそう言うと、ふっと俺の隣から姿を消した。

俺はリリナがスムーズに姿を隠したことに感心して声を漏らす。

多分、さっきリリナが使ったのは、以前に山を下っている最中に手に入れた『陰隠《かげがく》れ』というスキルだろう。

『陰隠れ』というのは、相手に目視されている状態でも、自分の気配を気づかれにくくするスキルだ。

魔物との戦闘中や移動の際、常に『潜伏』や『隠密』のスキルを使っていたため、自然と習得できたのだろう。

うん、リリナは順調に暗殺者スタイルが身についてきているみたいだな。

それを本人がどう思うかは別として、リリナの成長は俺としては嬉しい。

「隙をつけと言った以上、俺も頑張って魔物の隙を作らないとな」

俺はそう言いながら、長剣を鞘《さや》から引き抜く。

「さて、こいつはどんな攻撃をしてくるんだろうな」

俺はこれまでの魔物たちとの戦闘を思い出しながら、切っ先を魔物に向ける。

優雅に飛んでいる姿からは、以前戦ったゴリラのような魔物みたいなパワーがあるようには見えない。

それでも何をしてくるのかは分からないし、いつでも『鉱石化（魔）』のスキルが使えるように準備はしておこう。

「ギャギャッ!!」

俺がそう考えていると、コウモリのような魔物は翼を大きく羽ばたかせた。

そして次の瞬間、渦の中心をこちらに向けた竜巻のようなものを俺にぶつけようとしてきた。

地面を微かにえぐっている様子から、その威力が普通ではないことが分かる。

ていうか、こんな広範囲攻撃は『鉱石化（魔）』じゃ太刀打ちできないぞ！

「くそっ！　『嵐爪（魔）』！」

俺は向かってくる竜巻に向かって、咄嗟《とっさ》に長剣を振り下ろして斬撃を飛ばす。

ゴワッ!!

すると、斬撃と竜巻が衝突して、その衝撃が辺りに突風を撒き散らした。

微かに押し勝ったような斬撃が魔物に飛んでいったが、すでにそこにいた魔物はいなくなっていた。

「ごほっ、砂ぼこりが凄いな。　ん？　なんだこの黒い霧は？」

巻き上げられた砂ぼこりが落ち着いた頃には、辺りが真っ黒な霧で覆われていた。

ついさっきまでは何ともなかったのに、なんでこんなことになってるんだ？

「ギャギャッ！」

「え？　うがっ！」

ガギャッ！

俺が困惑していると、黒い霧の中から急に鋭い蹴りが飛んできた。

すんでの所で『鉱石化（魔）』をした左手で弾いたからよかったが、タイミングが少しでも遅れていたら、片腕を持っていかれていたかもしれない。

「ロイドさま！」

「大丈夫だ！　問題ない！」

黒い霧の奥の方から聞こえてきたリリナの言葉に答えて、俺はさっき蹴られた位置から距離を取る。

「ギャギャッ！」

ザシュッ！

「いっつ！」

すると、また魔物に距離を詰められて、鋭い蹴りを入れられた。

一瞬『鉱石化（魔）』のタイミングが遅れたせいか、左手に大きな傷跡がつけられる。

ちくしょう、どんだけ鋭い爪してんだよ！

「……ろ、ロイドさま」

どこかから聞こえるリリナの声を聞きながら、俺は状況の把握に努める。

これだけ霧で辺りが見えないはずなのに、魔物は的確に俺の居場所を掴んでいる。

この霧が魔物のスキルであることは確定しているとして、あの魔物は霧がある状態の中で俺の場所を的確に把握する術《すべ》も持っているということになる。

「これは、想像以上にマズいな」

ロイドに霧を晴れさせるような術はないし、相手の場所を掴むようなスキルもない。

一方的な防戦を強《し》いられるしかない状況だ。

常に先手を取られ続けるって、あまりにも不利過ぎる。

「ギャギャッ‼」

「くっ！」

ガギンッ！

今度はなんとか『鉱石化（魔）』した左手で攻撃を弾くが、蹴りの勢いに負けて体を吹っ飛ばされる。

地面を転がりながら、俺はすぐに態勢を整えて蹴られた方向を見る。

しかし、どれだけ目を凝らしても魔物の姿はまるで見えない。

「……ロイドさま」

絞り出すようなリリナの声に反応してやりたいが、下手に声を出したら魔物に自分の居場所を教えてしまうことになる。

俺が狙われているという状況で、声を出すのは愚策だろう。

どうしたら今の状況を打開できるのか、そのアイディアがまるで浮かんでこない。

『嵐爪（魔）』で斬撃を出せば、辺りを見通せるくらいには霧が晴れるかもしれない。

でも、この状況でモーションが大きなスキルを使うのは危険な気がする。

それに、仮に晴れてもすぐにまた霧を張られる可能性もある。

だめだ。本当に打つ手がない。

俺がそんなことを考えていると、黒い霧の中から一瞬ゆらっと何かが見えた。

なんだ？

俺はその見えた何かの方に体を向ける。

「ギャギャッ！」

「うおっと！」

ガギンッ！

すると、ちょうど俺が向いた方から魔物が蹴りを繰り出してきた。

俺はタイミングよく『鉱石化（魔）』した左手で、その攻撃を振り払う。

俺がなんとか攻撃に耐えて魔物を見上げると、コウモリの魔物の後ろにまたゆらっと何かが見えた。

「え？　リリナ？」

「……『気配感知』『弱点看破』『鋭刃《えいじん》』」

リリナは何かを小声でぶつぶつと呟《つぶや》いた後、据わった目を魔物に向ける。

「ロイドさまから離れて」

そして、リリナは温度を感じさせない声色でそう言ってから、短剣で鋭く魔物の首元を斬りつける。

ザシュッ！

「ギャギャギャッ⁉」

魔物は斬りつけられたことに驚いたのか、悲鳴を上げて俺から距離を取ろうとする。

すると、リリナは軽くふらついた魔物の隙をつくように、短剣を魔物の足の甲に突き刺した。

「ギャギャッギャッ‼」

魔物は焦って強引に短剣から足を引き抜いたせいで、足の甲に大きな傷跡を残しながら後退する。

「ギャ⁉」

しかし、後退した魔物は踏ん張ることができなくなったのか、そのまま体勢を崩して地面に倒れ込んでしまった。

突然過ぎる展開に俺が唖然《あぜん》としていると、リリナが勢いよく振り向く。

その顔はいつもの俺が知っているリリナの顔だった。

「ロイドさま！　大丈夫ですか⁉」

「あ、ああ。俺は大丈夫だ。ありがとう、な」

「はい！　ロイドさまが無事でよかったです！」

リリナはニコッと笑うと、尻尾をパタパタとご機嫌に揺らしている。

さっきの冷たい目をしていたリリナとは別人のような表情に、俺は少し戸惑う。

「一体何が起きて……いや、今はそれよりもあの魔物だな」

「ギャギャッ」

魔物の方を見ると、魔物はリリナに斬られた足が上手く動かないのか、何度も立とうとしては倒れていた。

そんなにダメージが入っているようには見えないけど、なぜか立てない様子に困惑しながらも、俺は左手をぐっと魔物に向ける。

魔物にダメージが入ったおかげか、黒い霧が随分と晴れてきた。

それだけダメージを負っているということなのだろう。

今の状態の魔物なら、多少強くてもスキルを奪えるかもしれない。

「『スティール』！」

俺が『スティール』を使うと、左の手のひらがぱぁっと小さく光って小さな画面が現れた。

『スティールによる強奪成功　スキル：黒霧《くろぎり》（魔）』

俺がスキルを奪うと、辺りに少しあった霧が一気に消えていった。

そして、晴れた視界の先では、まだ魔物が上手く立ち上がることができずにいた。

「まだ上手く動けないのか？　それなら、好都合だ。『スティール』」

俺はまた左手をぐっと向けて『スティール』を使った。

すると、左の手のひらが再びぱぁっと小さく光ってステータスを表示する画面が現れる。

『スティールによる強奪成功　スキル：竜風《りゅうふう》（魔）』

「なるほどな。確かに、あの技は竜巻みたいだよな」

俺は小さな画面を見て頷いてから、にやりと笑う。

魔物は焦っているようだが、上手く足の踏ん張りが利《き》かずにまた倒れていた。

「じゃあな、これでとどめだ。『嵐爪（魔）』！」

俺は最後に上に掲げた剣を振り下ろして、鋭い一撃を魔物に浴びせた。

ザシュッッ!!

「ギャギャギャッ!!」

魔物は鋭い斬撃を受け、最後にそんな悲鳴を上げて、それっきり動かなくなった。

「よっし、なんとかなったか」

俺は痛む左手を押さえながら、ポーションを取り出して一気に飲む。

「ロイドさま、大丈夫ですか？」

「ああ。問題ないよ」

俺は徐々に血が止まっていく様を眺めてから、リリナに視線を向ける。

戦いの中だったから聞けなかったが、ずっと気になっていたことがある。

「それで、なんで急にリリナはあんなに強くなったんだ？」

俺が聞くと、リリナは得意げな顔で胸を張る。

「ロイドさまを想う愛の力で覚醒しました！」

「……えーと」

ふふんっとドヤ顔を浮かべているあたり、冗談を言っている訳ではないようだ。

とりあえず、リリナが耳をピコピコと動かして撫でて欲しそうにしていたので、俺は優しくリリナの頭を撫でてあげた。

するとリリナはにへらっと緩んだ笑みを浮かべる。

「にへへっ♪」

「えーと、その愛の力っていうことについて、もっと詳しく教えてもらってもいいかな？」

「あ、ロイドさま疑ってます？　本当なんですよ！　このままじゃロイドさまが死んじゃう、助けなくちゃと思ったら一気に色んなスキルが使えるようになったんです！」

「いやいや、さすがにそんなことは……いや、ありえるのか？」

俺は可愛らしく見上げてくるリリナを見ながら、ふとそんな言葉を漏らす。

アニメに主人公補正があるように、ヒロイン補正というようなものがあってもおかしくはない。

もしも、リリナが俺のことを本気で主人公だと思い込んでいるのなら、主人公のためにヒロインが覚醒するという展開もありえなくはない。

いや、本当にありえなくないのか？

でも、実際にこうしてリリナが覚醒したことを考えると、リリナの言い分は正しいのかもしれない。

「ちなみに、どんなスキルを覚えたんだ？」

俺が尋ねると、リリナは思い出すように人差し指を顎《あご》に置く。

「えっと、『気配感知』と『弱点看破』と『鋭刃』ってスキルです。あれだけ真っ暗な中でも魔物の位置と弱点が分かりました。あと、いつも以上に短剣の切れ味が増してましたね」

「随分と一気に色々覚えたたな。なるほどな。だから、リリナはあの魔物に一撃を与えられたってことか」

俺はリリナの話を聞いて頷く。

おそらく、『気配感知』というので魔物の気配を、『弱点看破』で魔物の弱点を感知して、『鋭刃』で刃物を鋭くさせて一撃を与えたのだ。

もしかしたら、敏感な鼻と耳を極限まで集中させることで、『気配感知』というスキルが使えるようになったのだろうか。

俺の危機を前にして、獣人の本能が極限まで高められたのかもしれないな。

他の二つのスキルについては、暗殺者としての戦い方が板についてきたから使えるようになったのだと思う。

正直、ただの考察でしかないけどな。

「魔物が動けないくらいのダメージを与えたのも、『弱点看破』ってスキルのおかげなのか？」

「いえ、それはこれを使いました」

俺が聞くと、リリナはポケットの中から容器に入った液体を出し俺に見せる。

初めて見る液体を前に、俺は首を傾げる。

「これは？」

「毒です」

「へー……ん？　ど、毒⁉」

俺は思いもしなかった言葉に目を見開く。

すると、リリナは自分が褒められたと思ったのか、銀色の尻尾をブンブンと動かす。

「薬の知識はあるので、色々と混ぜて毒を作ってみたんです！　私、凄いですか？」

「す、凄いな。これは想定していなかった」

俺はリリナがちゃぷちゃぷと揺らす毒を見て、しばらくの間固まってしまった。

……アニメでリリナが毒を使うシーンなんてなかったよな？

確かに、リリナは薬草である『ポーションハーブ』を秘薬に調合できるわけだから、薬に関する知識はあるのか。

でも、まさかヒロインが知らない所で毒を調合しているとは思いもしなかった。

「あれ？　なんか新しいスキルを覚えたみたいです……『毒刃《どくじん》』？」

それから、リリナはきょとんとした顔でそんなことを呟いた。

どうやら、俺の知らない所でもリリナはどんどんと成長しているみたいだ。

……なんだか、本物の暗殺者染《じ》みてきたな。

俺はリリナの成長を前に、思わずそんなことを考えてしまうのだった。

◆◆◆

リリナが覚醒してから数日間、俺たちはしばらく山に籠もって生態系を乱していそうな魔物たちを倒して過ごした。

リリナの成長は目覚ましく、気を抜けば簡単に追い抜かされてしまう気さえした。

さすが、このアニメのヒロインというだけはある。

「よっし。とりあえず、一旦街に戻るか」

俺が荷物の中の食糧を確認してからそう言うと、リリナはきょとんと首を傾げる。

「え？　もういいんですか？」

「ああ。どうせ数日で何とかできるもんでもないしな」

ケインたちがどれほどの魔物をこの山に呼んだのかは分からないが、数日山に籠もったくらいで解決できるような数ではないことは確かだ。

俺たちだけでも結構な数の魔物を倒したし、一旦様子見をするのもいいだろう。

上手くいけば、強い魔物同士で勝手に潰し合ってくれるかもしれないしな。

「それに、エナさんが上手いことケインたちを説得してくれたかもしれないし」

俺はそんなことはないかと思いながら、苦笑する。

そんな簡単に説得できたら、嫌われ者の俺なんかに魔物の討伐なんて頼まないよな。

「むー。あの嫌な人たちが説得されることなんてあるんですかね？」

リリナはそう言うと、俺の隣で微かにむくれていた。

「まぁ、あとは単純に魔物の素材を街に持っていきたいっていうのもある。さすがに、これ以上は持ち運べないしな」

「そうですね。そういうことでしたら、賛成です！」

リリナがこくんと頷いたのを見て、俺はすっかり重くなった荷物を背負って、リリナと共に山を下ることにした。

そして、街に戻ってきた俺たちはいつもと違う街の様子に眉をひそめていた。

「ん？　なんだあれ？」

「凄い人の数ですね」

山から帰還した俺たちは、街の入り口付近の人だかりを前に首を傾げる。

何かを見物しているようだが、皆顔色が良くない。

人によっては目を逸らしたり、歯ぎしりをしたりしている人たちもいる。

一体、何を見ているんだろうか？

俺たちが人だかりに近づいていくと、俺に気づいた人たちが道をあけていく。

何かに脅《おび》えるような目で見られると、ロイドが嫌われ者であるということを再確認させられるな。

しかし、その目がすぐに俺から逸らされて、人だかりの中心に向けられる様子を見て、俺は首を傾げる。

あれ？　俺に脅えているわけではないのか？

俺がそんなことを考えながら歩いていくと、徐々に視界が開けてきた。

「え？」

そして、その先に広がる光景を前にして、俺は言葉を失った。

「……っ」

白と緑の衣装を身に纏《まと》った人たちが数人傷だらけで倒れており、呻《うめ》き声《ごえ》を漏らしている。

そして、そのすぐ近くにはこのアニメの主人公ケインと、『竜王の炎』のパーティメンバーたちの姿があった。

ケインは鼻で笑ってから、抑えきれなくなった笑い声を上げる。

「アハハ！　何がエルフの精鋭だ！　ただの無能の寄せ集めじゃねーかよ‼」

ケインがそう言うと、パーティメンバーも合わせるように大きな声で笑いだす。

そして、ケインは傷だらけの人たちを見下しながら、何の変哲もないが、どこか禍々しさを感じさせる首輪を雑にその場に転がす。

「ほら、敗者は言うことを聞くんだろ？　それを着けて俺に従え」

「っ」

ケインの視線の先。傷だらけの女の子はケインの言葉を受けて、ぐっと起き上がろうとするが、中々起き上がれずに転んでしまった。

その女の子の顔には見覚えがあった。

細い金色の髪と少し長い耳が特徴的で、歳《とし》のわりに落ち着いた雰囲気のあるリリナと同い年くらいの可愛らしい女の子。

その子は、アニメ『最強の支援魔法師、周りがスローライフを送らせてくれない』に出てくる二人目のヒロインだった。

「……アリシャ」

エルフの血を引いた魔法に長《た》けたそのヒロインは、このアニメの主人公によってボロボロにされていた。

第七話　第二のヒロイン、悪役と出会う

I was reincarnated as the leader of a villain party that specializes in banishment, so I banished myself before I got my comeuppance.

アニメ『最強の支援魔法師、周りがスローライフを送らせてくれない』の二人目のヒロイン、アリシャ。

彼女はエルフの村の族長の娘だ。

アリシャは同世代の子たちとは比べ物にならないほど魔法の才に長《た》けていた。

その才能を活かしたいという本人の願いもあって、アリシャは幼いながらエルフの村の自警団の一員として活躍をしていた。

確か、冒険者としてギルドに登録もされていたはずだ。

アニメではアリシャたちは、エルフに悪事を働いたロイドを捕まえようとするのだが、からめ手を使われてピンチに追いやられる。

そこに主人公であるケインが助けにくるという展開なのだ。

……それがどうしたら、アリシャがケインにボロボロにされているんだよ。

「おい！　もうやめてあげてもいいじゃないか！」

俺が何も言えずにいると、どこかから男がそんな言葉を口にした。

すると、ケインはその男を睨《にら》んで声を荒らげる。

「ふざけんな！　こいつらは、俺たちを犯罪者だと言いやがった！　証拠もないのにな！」

「……証拠は、あなたたちが、もみ消したと聞きました」

アリシャが何とか声を絞り出すと、ケインは鼻で笑う。

「もみ消したってことは、もうないんだろ？　証拠がないなら、俺たちは無実だ！」

ケインがそう言うと、他のパーティメンバーはゲラゲラと声を上げて笑う。

「決闘で勝ったらどこにでも連れていけって言ってやったのに、おまえらは簡単に負けるしよぉ……何が正義だ、馬鹿じゃねぇの」

ケインはそう言うと、足元に転がした首輪を蹴ってアリシャにぶつける。

「いたっ」

「ほら、負けたんだからその首輪しろ。それが決闘の約束だろ？」

「お嬢様！　その首輪だけはダメです！」

アリシャと共に倒れているエルフの女性がそう叫ぶが、彼女の声も虚《むな》しく、アリシャはその首輪を手に取る。

ケインが蹴った首輪は、『隷属《れいぞく》の首輪』という魔法具だった。

その魔法具は対象者の命令に絶対服従してしまうという、一部の奴隷《どれい》以外に使ってはならない禁じられたものだ。

まさに、アニメでロイドにアリシャが着けられそうになっていたものだ。

「おい、かわいそうだろ！　やめてやれよ！」

アリシャがそれを首に着けるのを躊躇《ためら》っていると、先程とは別の男がケインに叫ぶ。

するとケインはその声がした方を強く睨んだ。

「うるせぇ！　決闘は決闘だ！　勝った方の要求を呑《の》むんだよ！　文句がある奴らはかかって来いよ、捻《ひね》りつぶしてやるからなぁ!!　ほら！　かかって来いよ!!　雑魚《ざこ》共が！」

ケインが周りを煽《あお》るように言うと、ケインたちの決闘を見ていた人たちはただ悔しそうに顔を俯《うつむ》かせる。

ケインたち『竜王の炎』はA級冒険者たちのパーティだ。

いくら悪事を働こうが、その実力だけは本物。

今のケインたちに歯向かってでも、アリシャを救おうと思う人たちはいないだろう。

……多分、俺を除いてそんな馬鹿はいない。

俺は荷物を適当に投げ捨てると、長剣を引き抜いて構える。

「ん？　まずい！　ケイン、下がれ！」

ザードが剣を引き抜いた俺に気づき、ケインの前に立って盾を構えるが、俺はお構いなしに強く地面を蹴る。

「『瞬地（魔）』」

「は？」

そして、間抜けなケインの声を聞きながら、一瞬でザードの目の前まで移動した。

ザードは盾越しに俺とぱっと目が合うと、一瞬で何かを察したのか声を張り上げる。

「ケイン！　『支援』を頼む！　こいつ本気だ！」

「え？　あ、し、『支援』！」

ケインが慌てながら『支援』を使うと、ザードの体が緑色の光に包まれる。

ザードはケインの『支援』を受けて気を大きくしたのか、にやりと笑みを浮かべた。

「『剛盾』!!」

しかし、俺は盾を構えるザードを前にしても、躊躇うことなく振り上げた剣を思いっきり振り下ろす。

「『豪力（魔）』!!」

ガギィインッ!!

「ぐ、おおおおっ!!」

俺の長剣とザードの盾と衝突して、鈍い金属音と風圧がぶわっとあたりに広がる。

ザードは大きな唸《うな》り声《ごえ》を漏《も》らしながら、俺の一撃を受けても体勢を崩すことはなかった。

……これがケインの『支援』の力か。厄介だな。

「ろっ、ロイド」

俺が剣をそのまま押し込もうとしていると、ケインが震える声で俺の名を呼んだ。

俺が顔を上げると、ケインは脅《おび》えるような目で俺を見ていた。

俺はその顔を強く睨みながら、抑えられなくなった怒りの感情をケインに向ける。

「文句がある奴はかかって来ていいんだよな？　ケイン……殺されても文句は言うなよ？」

アリシャをここまで痛めつけた奴を放っておくことなんかできるはずがない。

俺は剣をさらに強く握りながら、左手を剣からパッと離す。

ザードが俺の剣を防いでいるのは、ケインの『支援』のスキルがあるからだ。

それなら、そのスキルを奪ってやればいい。

俺は、自由になった左手をバッとケインに向ける。

「『スティール』」

ケインは俺がしようとしていることに気づいたのか、慌てて身を屈めた。

しかし、今さら慌てたところで遅い。

ん？　スティールをしたのに左手が光っていない？

俺がその違和感に気づいたとき、ぱっと小さな画面が現れた。

『スティールによる強奪失敗　ユニークスキル（主）は奪えない』

「なっ、失敗？　ていうか、なんだこの失敗理由は」

俺は初めて見る画面を前に、眉間に皺を寄せる。

ユニークスキル（主）？　なんだ、主人公のスキルは奪えないとでもいうのか？　ヒロインを痛めつけてる、こんな奴が主人公だと？

……ふざけんなよ。

俺はやり場のない怒りを込めて、歯ぎしりをしながら無理やり盾を押し込む。

俺がじろっとザードの盾に隠れるケインを睨むと、ケインはみっともなく後退《あとずさ》った。

「ひっ！　ま、まてまてまて！　おい、見届け人！　決闘中に乱入なんてダメだろ！　中止しろ、中止！」

「見届け人？」

ケインが慌ててそう言った先には、冒険者ギルドのエナさんが立っていた。

エナさんは不安そうな顔を俺に向けてから、何かを思いついたような顔で俺のもとに近づいてくる。

そういえば、ケインが決闘だとか言っていたな。

「決闘は本人たちだけで行うものです。しかし、今回はケインさんが乱入の許可を出しました。その上でケインさんからの中止の申し出があったので、ここで決闘は中止とします。よろしいですね？」

エナさんがちらっとケインを見ると、ケインは何度も頷《うなず》く。

「あ、当たり前だ！　むしろ止めるのが遅いくらいだろ！」

ケインは慌てながらそう言って、俺たちから顔を逸《そ》らす。

ん？　変わったケインって、こんなに臆病だったか？

俺に睨まれてから、なんだかケインの様子がずっとおかしい気がする。

まるで、ロイドに色々されていたときの以前のケインみたいだ。

すっかり変わった威張《いば》り散らしている最近のケインとはまるで別人だ。

……もしかして、今まで威張り散らしていたのは虚栄《きょえい》だったのか？

「おい、ロイド。聞こえてないのか？　決闘は中止だってよ……お、おい！　ロイド、いい加減にしろよ！」

俺はそんなことを考えながら、ザードの盾を長剣で押し込み続ける。

ギチギチッと盾と長剣がきしむ音を聞きながら、俺は視線を再びザードの方に戻す。

俺はザードの言葉を聞いて、鼻で笑う。

「俺が素直にギルド職員の言うことを聞くと思ったか？」

「ちっ！　クソ野郎が！」

ここまでアリシャをボロボロにしておいて、中止だから引き下がれと言われて素直に従う義理はない。

「っ」

「大丈夫ですか？　お嬢様？」

そのままスキルを使おうとしたとき、後ろでアリシャが痛そうな声を漏らした。

俺はその声を聞いて、盾を押し込もうとする力を緩める。

「アリシャ……」

「ロイドさん、決闘は中止です。この意味が分かりますよね？」

俺がそんな声を漏らすと、エナさんは俺の目をじっと見てそう言った。

このアニメの世界では、冒険者同士が戦う場合は見届け人を立てて、決闘の形を取らなければならない。

そうしなければ、重い罰が下されるのだ。

正直、たとえそのことを知っていても、怒りに任せて剣を振ろうとしていたが、今はそんなことをしている場合ではない。

俺は後ろで蹲《うずくま》っているエルフたちを見て、深く息を吐いてから剣を収める。

「あ？　なんだ結局やめるのかよ」

「ああ。それよりも手当てが先だ」

俺がそう言うと、ザードは納得していない様子で盾を下ろした。

ケインにちらっと視線を向けると、ケインはびくっと肩を跳ねさせて驚いてから、虚栄を張ったような顔で俺を睨む。

それからケインは、『命拾いしたと思え！』と言って、メンバーたちを引き連れてこの場を後にした。

……またベタな捨て台詞だな。

俺がそんなことを考えながらアリシャたちに目を向けると、アリシャはまっすぐ俺のことを見つめていた。

「助けて、くださったのですか？」

「いや、もう少し早く駆けつけられればよかったな。ごめんな」

俺が膝をついてそう言うと、アリシャの目が微《かす》かに大きく開かれる。

それから、アリシャは倒れている体をぐっと起こして続ける。

「あの、お名前を教えてくださいませんか？」

「俺か？　ロイドだよ。街の嫌われ者の悪役だ」

俺が苦笑しながらそう言うと、アリシャは小さく声を漏らす。

「……ロイドさま」

アリシャの声が微かに熱を帯びていたように聞こえたのは、きっと気のせいだろう。

それから、俺はエナさんと話し合って、エルフの人たちを冒険者ギルドの個室へと運んで手当てをしてもらうことにしたのだった。

「とりあえず、全員運び終わりましたね」

冒険者ギルドに負傷したエルフの人たちを運び終えた俺たちは、そこで簡易的な治療を行った。

幸い、命が危ないような負傷者はおらず、エルフの人たちが持っていたポーションと、冒険者ギルドにあったポーションなどで治療を行うことができた。

そして、治療を終えた俺たちは、エルフの人たちを運んだ部屋とは別の部屋にいた。

俺の隣にはリリナ、正面にはエナさんとアリシャとアリシャのことを気にかけている
エルフの女性が腰かけている。

アリシャたちは休んでいて欲しかったのだが、どうしても同席したいと言われてしまい、この形になった。

俺は深く息を吐いてから、じっとエナさんを見る。

「それで、詳しく話を聞かせてもらってもいいですか？」

俺は棘《とげ》のある声色《こわいろ》になっていることに気づきながら、その声色を変えられずにいた。

エナさんがさっきのケインたちの決闘の見届け人ということもあってか、もやっとした感情が胸の奥にある。

当然、エナさんが悪いわけではないことは分かっている。

ただ、多少なりとも思うところがあったりもするのだ。

「そうですね。ただ、その前にお礼を言わせてください」

「お礼？」

俺が何のことか分からずに首を傾《かし》げると、エナさんは俺に深く頭を下げる。

「あの決闘を止めてくれて、ありがとうございました」

「ん？　ありがとうございましたって、どういうことです？」

俺が深々と下げられた頭に戸惑っていると、エナさんは顔を上げて胸を撫でおろす。

「ロイドさんが介入してくれなかったら、もっと悲惨な光景を街の人たちに見せてしまうことになったと思うので」

「いや、それなら、そもそも決闘なんか許可しなければ――」

俺はそこから先を言おうとしたところで、ぴたっと言葉を止める。

すると、エナさんは悲しげな笑みを浮かべてから首を横に振る。

「冒険者同士の決闘に、冒険者ギルドは介入できませんので」

「そう、ですよね。すみません。少し感情的になり過ぎました」

「いえ、ロイドさんが謝ることじゃないですよ」

当然、普通の感性を持った人なら、あの場面を見たら止めたいと思うはずだ。

でも、冒険者ギルドに属するエナさんがどちらかに肩入れをすることはできないし、受理した決闘を勝手に中断させることなんてできるはずがない。

目を背けてしまいたかったとしても、見届け人としてそれは許されない。

エルフの人たちがケインにやられていく様をずっと見せられるというのは、結構ショックな光景だったと思う。

俺はそこまで考えてから、深く頭を下げる。

「エナさんの心情も考えずに失礼なことを言ってしまいました。本当にすみません」

「ちょっ、本当に大丈夫ですって。頭を上げてください」

俺が深く頭を下げていると、エナさんが慌てたように俺の頭を上げさせる。

それから、エナさんは眉尻を下げながら小さく笑った。

「本当に随分と変わってしまいましたね」

「ええ、ケインの奴があそこまでするとは思いもしませんでしたよ」

「そうですね。ケインさんも変わりましたよね」

エナさんは少しきょとんとしてから、そう言ってまた笑う。

あれ？　何で笑われたんだろうか？

俺がそう思っていると、エナさんは小さく咳ばらいを一つして姿勢を整える。

「それでは、改めて今回の件について説明しますね」

エナさんはちらっと隣に座るアリシャを見てから、俺に視線を戻す。

「えっと、ケインさんたち『竜王の炎』のメンバーが、奴隷の売買に手を出し始めたのは知っていますか？」

「奴隷の売買⁉」

俺は思ってもいなかった言葉を聞いて、目を見開く。

いや、奴隷の売買って、仮にもケインはこのアニメの主人公だろ？

「どこまでクズなんですか、あの嫌な人たちは……」

そして、言葉を失った俺の隣では、リリナがため息と共にそんな言葉を漏らした。

すると、エナさんは頷いてから続ける。

「ケインさんたち、最近は珍しい種族を捕まえて奴隷商に流しているらしいんです。誘拐して奴隷商に売るなんて、普通に犯罪ですからね」

エナさんは怒り顔でこれまでのケインたちの行動を教えてくれた。

どうやら、ケインたちは俺たちがいない間、さらに冒険者ギルドで暴れまわったり、悪事を働きまくったりしているらしい。

その中でも一番酷いのが、奴隷の売買に関わっているということだった。

そして、その話を聞いていく中で、俺はアニメでロイドたちがアリシャたちに追われていた理由を思い出した。

……そうだ、アニメではロイドたちが奴隷の売買に手を出すんだった。

エルフの子供を誘拐して、そこをアリシャたちに取り押さえられそうになるのだ。

でも確か、俺の記憶が正しければ、あのパーティはケインを追放するまでは奴隷の売買には手を出さないはずだ。

ということは、悪役のロイドがパーティを抜けてから、ケインたちが自分たちの意思で奴隷の売買に手を出したということになる。

……アニメの主人公が奴隷の売買に関わるって、どうなってるんだよ、本当に。

「ケインさんがエルフの子たちを誘拐して奴隷商に売ろうとしたんです。それを聞きつけて、エルフの方々がこの冒険者ギルドにやってきたんですけど、ケインさんが無実を主張し続けまして」

「その結果ケインがキレ散らかして、決闘で負けたら罪を認めるって言ったんですね？」

「はい。大体そんな感じです」

なんだろうな。ケインがアニメのロイドみたいな行動を取ると考えれば、ケインの行動が読めるようになってきた気がする。

俺が深くため息を吐《つ》いていると、ふと正面に座るアリシャと目が合った。

「あっ」

アリシャが何か言葉を口にしようとしていると、それに気づいたアリシャの隣にいるエルフの女性がハッとして俺を見る。

そして、勢いよく立ち上がるとピシッと姿勢を正した。

「失礼。まだ助けていただいたことのお礼を言えてませんでした。この度は、私たちを助けていただき、本当にありがとうございました」

アリシャもエルフの女性に釣られるように立ち上がると、その女性と共に深く頭を下げてきた。

俺は彼女たちに頭を上げてもらおうとするが、彼女たちは中々頭を上げない。

「そんな大したことはしていないので、本当に頭を上げてください」

「そんな謙遜《けんそん》なさらないでください。A級冒険者たちを相手に臆せずに戦う姿、感服いたしました」

エルフの女性はそう言うと、胸に手を置いてさっきの俺の戦闘を思い出すように目を瞑《つむ》る。

俺が照れ臭くなって頬《ほお》を掻《か》いていると、彼女は続ける。

「申し遅れました。私はローアと申します。こちらはアリシャ、族長の娘です。ロイドさんに助けていただかなかったら、今頃どうなっていたことか、想像もしたくありませんね」

ローアさんはそう言うと、アリシャの頭を優しく撫でる。

「……まさか、あの穢《けが》れた者たちがA級冒険者だったとは。初めにC級だと言っていたのは嘘《うそ》だったのですね」

「そ、そんなこと言ってたんですか」

「ええ。私たちもC級冒険者が相手なら勝てるかと思ったのですが、考えが甘かったみたいですね」

ローアさんは悔しそうにそう言うと、小さく歯ぎしりをさせた。

なるほど。なんでA級冒険者に決闘を挑んだのかと思ったが、そんな事情があったのか。

確かに、ケインたち個人のステータスはC級冒険者レベルだ。

でも、明らかに騙《だま》すつもりで言ったであろうことは、ケインたちの性格から考えれば簡単に想像がつく。

きっと、アリシャやローアさんを馬鹿にして笑いながら言ったのだろう。

……タチが悪いことこの上ないな。

俺がそんなことを考えていると、突然部屋の扉がコンコンッとノックされた。

エナさんが返事をして数秒後、開けられた扉の先には女性のギルド職員がいた。

「エナさん、ちょっといいですか？」

「はい？　なんですか？」

冒険者ギルドの女性は、ちらっと俺たちのことを見てから、気まずそうな顔をする。

「あの、ケインさんがお見えです。『さっきの決闘の結果はどう考えても俺たちが勝ったんだから、エルフの娘をよこせ！』って怒鳴り込んできました。どうしましょう」

「えー、決闘は中止になったので、普通は無理だって分かると思うんですけどね」

エナさんが辟易《へきえき》とした様子で立ち上がったのを見て、俺も立ち上がる。

「ロイドさまも行かれるんですか？」

「ああ。少しここで待っていてくれ」

俺はリリナにそう言って、エナさんと共にケインの元に向かうことにした。

決闘を中止にさせたのは俺なわけだし、俺が行かないわけにはいかないよな。

さて、ケインは一体どんなことを言ってくるのだろうか。

そんなことを考えながら、俺はエナさんと共に冒険者ギルドの個室を後にした。

そして、冒険者ギルドの個室から出た瞬間、カウンターの方で騒いでいる声が聞こえてきた。

「おい！　いつまで待たせるんだよ！」

冒険者ギルドのカウンターに向かうと、そこにはケインたちの姿があった。

ケインは横柄な態度をすっかり取り戻したようだ。

多分、他のメンバーに煽《おだ》てられて気を大きくしてからここにやってきたのだろう。

いや、少し顔が赤いか？　アルコールでも入れてきたのか？

俺がエナさんと共にカウンターに向かうと、俺を見たケインは分かりやすく顔を引きつらせる。

「っ！　ロイドっ」

さっきのことがあったから、なんとなく気まずいのだろう。

ケインはすぐに俺から顔を逸らして、エナさんを睨む。

「おい！　さっきの決闘は実質勝負が決まっていただろ！　約束通り、エルフの娘をよこせ！」

「あの勝負は無効ですよ。勝負が決まる前に、ケインさんが中止を求めたので」

エナさんがそう言うと、ケインに腕を絡めているレナとエミが強くエナさんを睨んでから、順々に口を開く。

「はぁ？　だから、中止にする前にすでに勝負はあったって言ってんの。あんたが勝敗の結果をすぐに言わなかったのが悪いんでしょ。自分の非も認められないの？」

「ケインさんが慈悲《じひ》を与えたというのに、それにも気づけないんですか？」

ケインは二人の援護を受けてドヤ顔を浮かべている。

……どこにドヤれる要素があったんだ？

俺は首を傾げ、ふと気になったことをケインに聞いてみることにした。

「ていうか、なんでケインはアリシャを欲しがってるんだ？」

ただ罪を認めたくないだけなら、ここまでアリシャを欲しがる理由が分からない。

奴隷商に売るつもりなのか？

すると、ケインは機嫌悪そうに口を開く。

「あぁ？　俺たちに逆らったらどうなるのか見せしめにするんだよ。荷物持ちとしてボロボロになるまでこき使ってやるだけだ」

「見せしめって……おまえ、それだけのために、あの子をパーティに入れる気か？」

俺はあまりにも幼稚なケインの言葉に驚きを隠せなかった。

普通に考えれば、エルフは魔法や遠距離からの攻撃が得意とされているのだから、パーティの後衛に置くはずだ。

それなのに、ケインはパーティの戦力としてではなく、自分の強さを周りに知らしめるために、アリシャをパーティに加えようとしている。

それも、以前にリリナに言ったときと同じように、酷い扱いをしようと考えている。

とてもじゃないが、アリシャをケインのパーティにやることなんてできない。

それにしても、ここまで荷物持ちに固執《こしつ》するとはな。

すると、レナとエミが俺をじろっと見る。

「ていうか、ロイドには関係ないでしょ？　邪魔しないでよ」

「そうですよ。あなたには関係のないことなので、首を突っ込まないでください」

二人が順々にそんな言葉を発してから、ケインが薄ら笑いを浮かべる。

「ロイド。なんだ、その目は？　勝負に勝ったのは俺だ。だから、あのエルフは俺の条件を呑む必要があるんだよ。おまえには関係のないことだから、でしゃばんな」

「……関係があればいいんだな？」

「あぁ？」

俺がそう言うと、ケインは眉をひそめて目を細める。

俺はカウンターから身を乗り出すと、ケインをまっすぐ睨む。

「アリシャはおまえのパーティにはもったいない。それなら、俺たちがもらいたい」

「な、何言ってんだ、ロイド」

「勝負しようぜ、ケイン。俺が勝ったら、アリシャは俺たちがもらう。逆に俺が負けたら、俺がおまえのパーティで荷物持ちでも何でもしてやるよ。アリシャの代わりにな」

すると、ケインは肩をぴくっと動かした。

ケインは荷物持ちに昔の自分の姿を重ねて、昔ロイドにやられたことを自分がすることで鬱憤《うっぷん》を晴らしている。

単なる弱者や自分に歯向かってきた者を従えることで、自分が強くなったと錯覚したいのだ。

それなら、そこに本人である俺が出ていったらどうなるか。

ケインはずっとロイドのことを恨んでいるはず。

今まで長い間溜まった鬱憤をその本人にぶつけられるという状況を前にして、この案を断るはずがない。

「アリシャよりも、俺をこき使った方が見せしめになるんじゃないか？　なぁ、ケイン」

俺がそう言うと、ケインはニヤッと悪だくみをするような笑みを浮かべる。

……いい笑顔だ。

とても、主人公の浮かべる笑みには見えないけどな。

これで、結果はどうあれアリシャを救うことはできたかな。

俺は静かに口元を緩める。

こうして、俺はアリシャを賭けてケインと勝負をすることになるのだった。

「ロイドさま！　ご自分を賭けるなんて本気ですか⁉」

俺が冒険者ギルドの個室に戻ると、頬を膨らませたリリナがいた。

リリナはジトッとした目を向けながら、ずいっと詰めてくる。

俺は頬を掻きながらリリナから視線を逸らした。

「えっと、なんでそのことを知ってるんだ？」

「嫌な予感がしたんで、みんなで個室から覗《のぞ》いてました！　そしたら、凄い話が聞こえてきたんですけど！」

リリナがぐいっと前のめりになって言うと、アリシャとローアさんもうんうんと頷く。

なるほど、だからバレているのか。

俺が一人納得していると、リリナがぷりぷりと怒りながら俺を見上げる。

「それで、本気でご自分を賭けるんですか？」

「まぁ、そうなるかな」

俺がそう答えると、リリナは不満そうにむーっと唸る。

俺のことを心配してくれているんだろうと思って、リリナの頭を撫でてみたのだが、中々リリナの機嫌が直りそうにない。

……参ったな。どうするか。

「あの、ロイドさま」

俺がそんなことを考えていると、アリシャが一歩前に来て俺の名を呼んだ。

「えっと、別にアリシャまで『さま』付けで呼ばなくてもいいんだけど」

俺がそう言うと、アリシャは小さく首を横に振る。

それから、アリシャは俺をじっと見つめる。

「お聞かせください。なぜそこまでして、私を助けようとしてくださるのですか？」

アリシャがそう言った隣では、ローアさんも同じように真剣な目を俺に向けていた。

まぁ、普通に考えれば初対面の子を助けるにしては、やり過ぎている気がする。

俺はちらっとリリナを見てから、アリシャに小さな笑みを向ける。

「昔、色々あって本気で死のうと思ったことがあったんだ。そのときに、リリナやアリシャみたいな子に救われたから、今度は俺が助けたいって思ってるだけだよ。恩返しって感じだな」

それは、以前にリリナに言ったのと同じ言葉だった。

ブラック企業に勤めていたときに自殺を考えたことがあった。

そのときに、なんとか踏みとどまれたのは、リリナやアリシャたちがいるこのアニメがあったからだ。

だから、俺は今回も一方的な恩返しをする。

自分自身を賭けることになっても、アリシャが嫌な思いをする方が嫌だから。

「私みたいな子？」

「まぁ、ただの俺の自己満足だ。そんな自己満足に付き合ってくれたら嬉しいな」

アリシャはいまいちしっくりきていないのか、きょとんとした様子で首を傾げる。

そうだよな。俺が勝手に画面越しに恩を感じているだけだしな。

俺がそう考えていると、アリシャはくすっと微かに笑う。

「……本当に、変わったお方」

アリシャはそう呟《つぶや》くと、微かに潤んだ眼を俺に向ける。

「そういうことでしたら、私も覚悟を決めます」

そして、アリシャは微かに顔を赤らめてから続ける。

「私のことをもらってくださるよう、ロイドさまたちを応援させていただきます」

「もらってくださる？　ああ、そっか。さっきの会話聞いてたんだよな」

そういえば、さっきケインたちにアリシャをもらうとか言ったんだったな。

「おう。絶対に勝つから安心していてくれ」

俺が負けてしまったら、アリシャはこのことをずっと気に病むだろう。

そうならないためにも、アリシャに幸せでいてもらうためにも、俺たちはケインたちに勝たないといけない。

『支援』を奪えないのは面倒だが、まったく勝機がないわけではないだろう。

「ですが、彼らの力は本物でした。対人戦で彼らに勝てるのでしょうか？」

「いえ、決闘の仕方は対人戦じゃないです」

ローアさんが心配そうに聞いてきたので、俺は首を横に振る。

すると、エナさんが俺に続く。

「対人の決闘を短期間で何度も行うことはできないので、別の形で勝負をしてもらえるように提案をしました」

エナさんは笑みを浮かべてそう言うと、今回の勝負の内容について説明を始めた。

「今回は一つの依頼をケインさんたちとロイドさんたちに挑戦してもらいます。より早く対象の魔物を倒して、その素材を持って帰って来た方が勝者となります」

エナさんはそう言うと、一つの依頼書をテーブルの上に置く。

その依頼書には、山の奥の洞窟に住み着いたワイバーンに関する情報が書かれていた。

「これってもしかして、ケインたちの『デコイ』で寄ってきた魔物ですか？」

「はい。タイミング的に考えて、その可能性が高いですね」

エナさんが苦笑するのを見て、俺もため息を漏らす。

まぁ、せっかく魔物を狩るのなら、ケインたちが呼んだ魔物を倒した方がいいよな。

俺がそんなことを考えていると、アリシャが首を傾げる。

「ケインというのは、あの穢れた者ですよね？　『デコイ』で寄ってきたというのは、どういうことでしょうか？」

……ずっと気になっていたが、ケインって穢れた者呼ばわりされているのか。

そういえば、アニメでアリシャがロイドのことをそんなふうに呼んでいた気もする。

なんか立場が完全に逆転してきてるよなぁ。

「そうだよ。あの嫌な人たちが魔物を山に呼んだの」

穢れた者が誰を示すのかすぐに分かったのか、リリナがむくれながらそう言う。

「魔物を呼ぶ、ですか？」

アリシャはリリナの言葉を聞いても意味が分からなかったのか、俺を見る。

そうだよな。初めて聞いただけで理解できるほど、ケインのやっていることは普通じゃないよな。

俺はリリナの後を引き継いで、これまでケインがしてきたことをアリシャたちに教えることにした。

そして、一通りアリシャたちに話し終えた頃、二人は目を丸くしていた。

「そ、そんなことがあったんですか？」

「信じられないくらい愚《おろ》かな人間ですね。捕まえることはできないんですか？」

アリシャとローアさんは順々にそう口にする。

確かに、やっていることを考えればそろそろ憲兵に捕まりそうなものだ。

俺がエナさんを見ると、エナさんは小さく首を横に振って苦笑する。

「どれも決定的な証拠が摑《つか》めないんですよ。もう一手、何かがあれば捕まえられそうなんですけどね」

多分、もっと詰めれば粗が出てきそうなものだが、詰めようとするとケイン辺りがブチギレるのかもしれない。

俺はエナさんの苦労を察して、視線を逸らす。

すると、ローアさんが顎に手を置いて、真剣な顔で何かを考えだす。

「今回の勝負は魔物の討伐ですよね……それで、あの穢れた者たちは納得したのですか？　人を傷つけなければ、生きていけない人間のように見えましたが」

「はい。そこは大丈夫です。しばらく期間を置けば対人での決闘も可能だと言ったのですが、どうしても早く勝負をしたいからと受理してくれました」

一瞬、ローアさんが凄いことを言った気がしたが、確かに的を射ている。

俺はそう考えながら、アリシャたちを見て続ける。

「勝負は一週間後に行うことになりました。まぁ、こっちはリリナと二人なので、数的には負けていますが、なんとかするしかないですね」

正直、一人くらい追加のメンバーが欲しい所ではあるが、今から新しいメンバーを探すのは無理だろう。

普通のパーティならメンバーを見つけるには十分な日数ではあるが、街中の嫌われ者のロイドのパーティに入ってくれて、ロイドと共にケインに喧嘩《けんか》を売ることになる依頼を受けてくれる人はいないだろう。

「あの、それでしたら、私をお供させていただけないですか？」

「え、アリシャ？」

俺は思ってもいなかった言葉を前に、少し間抜けな声を漏らしてしまう。

すると、アリシャはぐいっと体を前のめりにしてきた。

「ロイドさまにここまでしてもらって、私が何もしないわけにはいきません。私もその勝負に参戦させてください」

「でも、今回の決闘での怪我《けが》があるだろ？　安静にしていた方がいいんじゃないか？」

「怪我は数日で完治させてみせます。なので、どうか私も連れていってください」

アリシャはそう言うと、胸に手を置いて真剣な目を俺に向ける。

正直、ケインにあれだけのことをされたアリシャを勝負の場に連れていくことには抵抗がある。

……でも、アニメでもアリシャって、一度決めたことは撤回しない性格だったよな。

俺はそんなことを思い出して、小さな笑みを浮かべる。

「そこまで言ってくれるなら、一緒に来てもらおうかな。ただし、嫌われ者の俺と一時的にでもパーティを組むと、後々生きづらくなるかもしれないぞ？」

俺がアニメのロイドのような悪人顔で言うと、アリシャとローアさんは少しの間ぽかんとしてから、すぐに噴き出す。

「え？　あれ？　何か変なこと言ったか？」

俺は思ってもいなかった二人の反応を前に戸惑う。

アリシャとローアさんはしばらく笑ってから、笑い泣きによる涙を拭《ぬぐ》う。

「ロイドさまが嫌われ者だなんて……ふふっ、面白い冗談ですね」

「全くです。ロイドさんも冗談を言うんですね」

二人は俺がふざけていると思ったのか、そんな言葉を口にした。

「いや、冗談じゃなくて本当にそうなんだって」

俺が慌てて訂正するように言うと、アリシャはニコッとした笑みを俺に向ける。

「穢れていない綺麗な魂の人が、嫌われ者なわけないじゃないですか。ふふっ」

「え？　魂？」

そういえば、エルフって魂の穢れが見えるんだっけ？

俺はそんなアニメの設定を思い出して、小さくあっと声を漏らす。

なるほど。だから、ケインたちのことを穢れた者って言っていたのか。

「いや、でも、しっかり嫌われてるんだぞ。そうですよね、エナさん？」

「ええ、普通そんな聞き方します？」

俺がエナさんに話を振ると、エナさんは眉根を寄せた。

確かに、この聞き方はずるいかもしれないな。

どう考えても悪いことを言えない聞き方だったかもしれない。

「正直に言いますよ？」

「え、はい。お願いします」

俺がどうしたものかと考えていると、エナさんは一歩前に出る。

そして、小さく咳ばらいをしてからアリシャたちを見る。

「確かにロイドさんは街中の嫌われ者ですよ。恨んでる人も多くいますし、自分から関わりたいと思う人はいないと思います」

……まぁ、当然そういう評価だよな。

俺は改めてロイドの嫌われ具合いを知らされて、顔を引きつらせる。

「むー。そんなことないと思いますけど」

リリナは面白くなさそうな顔でエナさんを睨んでいた。

すると、エナさんは突然くるっと俺の方に振り向いて、眉尻を下げる。

「だから、みんな戸惑っている感じですね」

「戸惑っている？」

俺が首を傾げると、エナさんは続ける。

「ええ、最近のロイドさんは以前のロイドさんらしくないので。リリナさんが言っていたこととか、アリシャさんを助けたこととか色々と」

「あぁ……なるほど」

エナさんに言われて、俺は頬を掻く。

以前、リリナが俺に騙されていると思ったエナさんが、俺のことを悪く言ったとき、リリナが冒険者ギルドで俺を庇《かば》ったことがあった。

確か、俺のことを優しい人とかヒーローとか言っていた気がする。

そして、今回はケインに痛めつけられていたアリシャを助け出した。

傍《はた》から見れば、信じられない光景だろう。

戸惑わない方が無理な気がする。

俺がそんなことを考えていると、エナさんは口元を緩める。

「だから、今なら一緒に行動をしても、以前よりは風当たりはマシかもしれませんね」

それから、エナさんは悪役に向けるにしては優し過ぎる笑みを俺に向ける。

俺はそんなエナさんの笑みに上手く反応することができなかった。

思わず固まってしまうほど、意外な評価を受けたから。

……ほんの少しずつ、ロイドに対する評価が変わってきているのかもしれない。

俺はエナさんの言葉を受けて、そんなことを少しだけ考えるのだった。

◆◆◆

ケインたちとの勝負が決まって三日後、俺はリリナとアリシャと共に近くの森に来ていた。

「アリシャ、本当にもう怪我は大丈夫なのか？」

「はい。もう体の痛みもありません」

アリシャはそう言うと、俺の隣でニコッと笑みを浮かべる。

その表情が嘘を吐いているようには見えなかったので、俺は胸を撫でおろす。

……跡に残るような傷もないみたいだし、本当に良かった。

俺が安堵のため息を漏らすと、アリシャは微かに顔を俯かせる。

「ただ、ローアたちの傷はまだ治っていないみたいでして、ケインさんとの戦いに参加できるかは難しい所です。力になれず、申し訳ありません」

アリシャはそう言うと、申し訳なさそうに眉根を寄せて頭を下げる。

俺は慌てて手を横に振ってから、アリシャに頭を上げさせた。

「いや、いいんだよ。アリシャがいてくれるだけでも十分だ」

「そう言ってもらえると嬉しいです。ロイドさまの期待に応えるためにも、今日は頑張らないとですね」

アリシャは口元に手を置いて微かに微笑《ほほえ》む。

……こうして話してみると、アリシャって随分と落ち着いているんだな。

確か、年齢的にはリリナと近いはずなのに、凄く大人びて見える。

「ロイドさま、ロイドさまっ」

俺がそんなことを考えていると、リリナが俺の服の裾をくいっと引っ張る。

ちらっとそちらを見てみると、リリナが不安げな顔で俺を見上げていた。

「どうした？」

「わ、私もいますからね。私にも期待して欲しいです」

リリナはそう言うと、銀色の耳をピコピコと動かす。

急にどうしたのだろうと思ったところで、俺はふとこのアニメのことを思い出す。

……そういえば、アニメでもケインが他のヒロインと話していると、構って欲しそうにしていたっけ？

俺はアニメのシーンと今の状況が重なって見えたことに、笑みを漏らす。

「もちろん、期待しているぞ。リリナなしで戦うのは無理だと思ってる」

「ほ、本当ですか⁉　にへへっ、そんなこと言われたら余計に頑張っちゃいます」

リリナはそう言うと、ご機嫌そうに尻尾《しっぽ》をブンブンと振る。

俺が頭を撫でてあげると、リリナは緩んだにへらっとした笑みを浮かべていた。

「……」

「ん？」

すると、今度はアリシャが俺のことをじっと見ていた。

俺が気づいてアリシャを見ると、アリシャは慌てたように俺から目を逸らす。

「い、いえ、私は色々終わってからで大丈夫です」

「終わってから？」

……一体、何が大丈夫なのだろうか？

俺はアリシャが微かに頬を朱色に染めた理由が分からず、首を傾げる。

俺がある程度リリナの頭を撫でてから手を離すと、リリナは耳をピンッと立てた状態で俺を見る。

「ロイドさま、今日はそんなに森の奥までは行かないんですよね？」

「ああ。今日はあくまでアリシャの力を見るために来ただけだからな。数日後の勝負もあるし、そこまで奥までは行かなくていいかな」

俺はそう言ってから、また視線をアリシャに向ける。

なんとなくだが、アニメで現時点のアリシャの実力は把握している。

それでも、実際にアリシャの実力をこの目で見てみたいと思った。

そう思ったのも、魔法の才に長けたアリシャだが、一つだけ欠点があるからだ。

リリナと同じく、ケインの『支援』がない状態で戦うのは難しい。

そうなってくると、アリシャもリリナのようにアニメとは違う戦い方をしてもらう必要がある。

そこら辺も含めて、色々と確認したいことがあるのだ。

俺がそんなことを考えていると、茂みの中で猪《いのしし》のような魔物がもそっと出てきた。

俺は頷いてからアリシャを見る。

「とりあえず、魔法であの魔物を倒してもらおうかな。いけるか、アリシャ」

「分かりました。お任せください」

アリシャが両方の手のひらを魔物に向けると、魔物も殺気を感じたのかアリシャの方を向く。

「プギィ！」

魔物はアリシャが何かを仕掛けてくると思ったのか、すぐにアリシャに向かって突進をしてきた。

このまま何もしなければ、魔物の突進を受けて大きな怪我をするかもしれない。

しかし、そんな俺の心配をよそに、アリシャは向かってくる魔物に対して焦る様子を一切見せない。

「プギィイ！」

そして、魔物がもう一段階加速した瞬間、アリシャの纏《まと》っている空気が変わった。

「……『中級魔法　氷槍《ひょうそう》』『中級魔法　鋭風《えいふう》』」

アリシャが小声で魔法を唱えると、ぱきぱきと音を立てながら、アリシャの目の前に氷の槍が形成された。

そして、その槍はもう一つの魔法によって勢いよく発射されて、魔物の体を貫く。

「ピギィィィィ‼」

体を貫かれた魔物は、そんな悲鳴を漏らしてから勢いを失速させて、アリシャの目の前でぱたんと倒れた。

「す、すごっ」

リリナはアリシャと魔物との戦いを見て、思わずそんな声を漏らす。

戦い方もスムーズだったし、一撃で魔物を屠《ほふ》るだけの力もある。

俺もリリナと同じ意見だった。

「はぁ……はぁ」

アリシャが息を乱している姿を見なければ。

……やっぱり、リリナの弱点はアニメと同じか。

「どうですか？　私はロイドさまのお役に立てそうですか？」

アリシャは息を整えてから、そう言って俺を見る。

アリシャのニコッと笑う表情を前に、俺は微かに眉尻を下げる。

「一撃で魔物を屠れるのは凄いと思うぞ……ただ、魔力量が心配ではあるけどな」

俺がそう言うと、アリシャは俺の言葉を予想していなかったのか、目を見開く。

それから、目をぱちくりとさせてから、脱力したように深く息を吐く。

「さすがロイドさまです。まさか、一撃で私の魔力量の低さを見抜くなんて」

「別に特別低いわけじゃないだろ？　アリシャの場合は、まだ体がアリシャの使う魔法に追いついていないだけだ」

「本当にさすがですね。おっしゃる通りです」

アリシャはそう言うと、眉尻を下げて笑みを浮かべる。

確か、このアニメのエルフは長く生きる種族として有名だ。

アリシャたちエルフはある程度大きくなると、体の成長が一時的に止まる。

そして、体の成長が止まる時期に入ると、魔力量がぐんと大きくなるのだ。

要するに、体の成長と魔力の成長の時期が別にやってくる。

なので、幼いうちは魔力量が低くて当然なのだ。

アリシャの場合は魔法の才に恵まれたので、幼い今の状態でも色んな魔法を扱える。

しかし、それに伴うだけの魔力が足りていないという状態だ。

「えっと、どういうことですか？」

リリナは俺たちの会話を聞いて、きょとんとしている。

まぁ、アニメの設定を知らないリリナからしたら、そんな反応にもなるか。

「要するに、アリシャはまだまだ成長途中ってことだ。大きな魔法を扱えるほどの魔力がまだ育ってないということだな」

俺がそう言うと、リリナはなるほどと言って頷く。

「長い目で見れば今の戦い方を続けて、魔力が成長するのを待つ方がいいかもしれない。でも、ケイン戦に向けては別の戦い方を身に着けるべきだな」

「はい。私もそう思います。あの穢れた者たちに、私の魔法は効かなかったので」

アリシャはそう言うと、顔を俯かせる。

ケインの『支援』+ザードの『剛盾』は、俺の『豪力（魔）』を止めるほどの防御を誇る。

『支援』のスキルで魔力を底上げしていない状態のアリシャでは、突破するのはほぼ不可能と言っても過言ではない。

でも、アリシャの力がケインたちに全く届かないとも考えられない。

なぜなら、俺はアニメでアリシャがケインの『支援』なしで戦っている姿を見てきたからな。

「アリシャ、弓をメインの武器にして戦ってみないか？　狙撃手みたいなスタイルで」

「狙撃手、ですか」

俺の言葉を聞いて、アリシャはふむと顎《あご》に手を置く。

そんなアリシャの背中には、使い古された弓がちらっと見えていた。

「すみません。多分、弓の方もロイドさまの期待には応えられないかもしれません」

俺がアリシャに弓での戦い方を勧めると、アリシャは申し訳なさそうに眉を落とす。

「あの穢れた者たちにも弓を使ってみたのですが、盾の人にあっさりガードをされてしまい、傷一つ与えることができませんでした」

アリシャはちらっと背負った弓を見てから、肩を落とす。

まぁ、当然弓矢でもケインたちに攻撃はしているよな。

俺はそんなアリシャに小さく笑みを向ける。

「それは、普通に弓矢を撃った場合だろ？　多分、魔法と弓矢を組み合わせることで威力は飛躍的に上がると思うぞ」

「魔法と弓矢を？　どういうことですか？」

俺がそう言うと、アリシャはきょとんと首を傾げる。

……なんだか俺が凄いことを知っているみたいな感じになったけど、この方法ってアリシャが独自に見つけたものなんだよな。

俺はそんなことを考えながら、咳ばらいを一つする。

「ただ矢を射るだけじゃなくて、矢を発射するときに瞬間的に魔法で風を送るんだとさ。詳しいやり方は分からないが、それで矢の速度が上がって、威力が上がるんだと」

アニメ『最強の支援魔法師、周りがスローライフを送らせてくれない』の三期では、リリナ同様にアリシャもケインとは別の街に飛ばされてしまう。

そのとき、アリシャもケインの『支援』なしで戦う方法を身に着けることになる。

その際、アリシャは魔法と弓矢を掛け合わせた方法を生み出したのだ。

アリシャ曰《いわ》く、その方法は魔力をあまり消費しないで、矢の威力を上げることが可能らしい。

でも、正直俺が覚えているのはその原理のみ。

詳しいやり方などはアニメでも描写されていなかったので、俺にも分からない。

でも、魔法の才に長けたアリシャなら、きっかけさえ与えればそこから、その方法を確立させるかもしれない。

「あ、それって……」

「どうした？」

「いえ、なんだか昔に試したことのある方法だなと思って」

アリシャはそう言うと、くすっと嬉しそうに笑う。

それから、アリシャは何度かうんうんと頷いてから、機嫌よさげに口元を緩める。

「うん、もう少し試行錯誤《しこうさくご》すれば……そうですか、あのやり方を確立させた人がいるんですね」

「どのやり方かは分からないけど、多分その方向で合ってると思うぞ」

俺がそう言うと、アリシャはこくんと頷く。

どうやら、アリシャの中ではすでに構想している方法があるらしい。

これなら、俺が想像しているよりも早く、そのやり方をものにするかもしれないな。

「分かりました、そのやり方を試してみます」

アリシャのどこか自信ありげな表情は、とても心強く思えた。

「穢れた者たちと戦うまでには、確実にものにしてみせますから」

「もしもそうなれば、凄い助かるな」

俺が笑顔でそう言うと、アリシャは俺に釣られるように笑う。

もしも、アニメのような弓矢の使い方ができなくても、アリシャはそれに近い弓の使い方を見つけ出すかもしれない。

俺の方でも何かしら協力できればいいんだけど、こればっかりはアリシャ次第っていう感じだよな。

些細なことでもいいから何かできないかな……

俺はそんなことを考えながら、ふとアリシャが背負っている弓矢を見た。

「さすがに、あのスキルは持ってないよな」

俺はそんな独り言を漏らしてから、ステータスを表示させる。

それから、奪ったスキル一覧を確認してから、俺は小さく声を漏らす。

「『生産』スキル。これって、他の作品とかだと『鍛冶』スキルって言われてるやつだよな？」

「ロイドさま？」

「アリシャ。もしも、俺が弓を作ったら、アリシャはそれを使ってくれるか？」

「え？」

俺がそう言うと、アリシャは小さく声を漏らす。

昔動画で見たあの弓を作れるかもしれない。

俺はそんなことを考えて、微かに胸を躍らせるのだった。


それから、俺とリリナは一足先に街の宿に戻って来ていた。

アリシャは新しい弓矢の使い方を試行錯誤するために、もう少し森に残るらしい。

アリシャを一人で森に残すのは少し不安はあるが、本人に一人の方が集中できると言われてしまえば、それに従うしかないだろう。

そして、俺は宿の中で床に並べた工具や竹や木材などをじっと見つめていた。

「ロイドさまって、武器も作れるのですか？」

「いや、どうなんだろう。いちおう、武器を作るスキルは持ってるっぽいんだけど」

俺たちは床に座って、一通り揃えた材料と工具を前にする。

俺は今からアリシャのための武器を作ろうとしている。

前世で武器職人でもなければ、アニメでロイドが武器を作ったところなど見たことがないのにだ。

俺は森で確認したステータス画面を再び表示させて、『スティール』で盗んだスキル一覧を見てふむと呟く。

「『生産』か。上手く使えればいいんだけどな」

「『生産』スキルを持っているんですか⁉ ロイドさま、本当に凄い方なんですね」

リリナは俺の言葉を聞いて、目を丸くする。

それから、リリナが尊敬の眼差しを向けてきたので、俺は顔の前で手を横に振る。

「いや、俺が凄いわけじゃないんだよ。褒められるようなことじゃないんだって」

そもそも、このスキルはロイドが職人などから奪ったものだ。

そう考えると、褒められても素直に喜んでいいのか迷ってしまう。

「……いいなぁ、アリシャ」

俺がそう答えると、リリナは銀色の耳を垂らしながらそう呟く。

だらんと垂らされた尻尾とアリシャを羨《うらや》む言葉から、リリナが何を考えているのか大体想像がつく。

そうだよな。最初に出会ったのはリリナなのに、先にアリシャの武器を作ると言えば、多少は拗《す》ねたりも羨んだりもするよな。

俺はそう考えてから、リリナに笑みを向ける。

「今回は無理かもしれないけど、ケインの一件が片付いたらリリナの武器も作ってやるからな」

「ほ、本当ですか⁉　約束ですよ！　絶対ですからね！」

リリナはそう言うと、俺の手を両手でぎゅっと握って俺を見上げる。

自然と上目遣いになった視線を前に、微かに俺の体温が上がったような気がした。

「あ、ああ。約束だ。まぁ、俺が本当に武器を作れればの話だけどな」

「大丈夫です！　ロイドさまなら絶対に作れます‼」

リリナは期待を込めたキラキラとした目を俺に向け、さらに強く俺の手を握る。

俺はぐいっと前のめりになったリリナを落ち着かせてから、笑みを浮かべる。

……ここまで期待されたら、できませんでしたとは言えないよな。

俺はそんなことを考えながら、目の前に置かれている材料と工具の方に視線を戻す。

「それで、ロイドさまはどんな弓を作るんですか？」

「昔動画で……いや、昔見たことがある弓を作ろうと思ってな。コンパウンドボウっていう少し変わった弓なんだけど」

「コンパ……なんです？」

リリナは聞き慣れない言葉にきょとんと首を傾げる。

そうだよな。異世界にそんな弓があるわけないよな。

俺はそう思いながら、前世でのことを少し思い出す。

一時、世界の武器を紹介する動画や、その作製方法をあげている動画などをよく観ていた時期があった。

中二病だと言われればそうかもしれないが、大人になっても武器をかっこいいと思ってしまうのは、男のさがなのではないかと思う。

そのときに、偶然動画でコンパウンドボウという弓が紹介されていた。

原理的には輪軸になっている滑車と三本の弦を使うことで、通常よりも軽い力で弓を引けるという物だ。

普通は引けないくらい強い弓でも引けるようになるので、アリシャの弓矢の威力を上げることができると思うのだが……

「正直、深い構造までは覚えてないんだよな。でも、『生産』のスキルを使えば、できるかもしれない」

俺は自分にそう言い聞かせるようにして、さっそく作業に取り掛かることにした。

頭の中でコンパウンドボウの構造と原理を意識しながら、『生産』のスキルを使うと自然と工具に手が伸びる。

うん、なんだかいける気がしてきた。

俺はぐんと上げられた集中力を使って、そのままコンパウンドボウの作製に取り掛かるのだった。

そして、コンパウンドボウの作製を始めて二日後、俺はなんとかコンパウンドボウを完成させることができた。

「で、できた」

一見普通の弓のような形をしているが、弦を張る両端に少し不格好な滑車が取り付けられており、そこに三本の弦が張られている。

この特殊な滑車の作製とか、慣れない作業で色々と苦戦したが、『生産』スキルのおかげで何とか形になったみたいだ。

「これが、コンパウンドボウというモノですか？」

アリシャはそう言うと、俺の手元にあるコンパウンドボウを覗き込む。

そして、アリシャに倣うようにリリナも同じように俺の手元を覗く。

アリシャは今日の午前中には、新しい弓矢の撃ち方を形にしたと言って、俺たちの泊まっている宿に戻ってきていた。

……まさか、本当にこの短期間でものにするとは。

そういえば、アニメでもアリシャは他のヒロインたちよりも早く、ケインの『支援』なしでの戦い方を身に着けていた気がする。

俺はそんなことを考えてから、アリシャにコンパウンドボウを手渡す。

「ああ。ちょっと、軽く引いてみてくれ」

「分かりました。変わってる弓ですよね」

アリシャは手渡された弓を受け取ると、じっと弓を全体的に見渡す。

それから、軽く構えて弓を引く。

「んっ、結構重い弓ですね……え、あれ？　急に軽くなりました」

「だろ？　それがコンパウンドボウの魅力だ」

俺はアリシャの驚く反応を見て、口元を緩める。

コンパウンドボウというのは、弓をある程度引くと、そこから先は半分の力で引けるというものだ。

そこには変わった形の滑車と、実際には引かない二本の弦が関係しているのだ。

俺のいた世界では、近代的な弓として動画サイトなどでも色々と紹介されていた。

「そのくらいの重さなら、対象物もちゃんと狙えそうか？」

「はい！　最終的にこのくらいの軽さになるのなら、問題なさそうです」

アリシャはそう言うと、弦をもとに戻して高揚した顔で俺を見る。

「ロイドさま！　この弓凄いです！　こんな弓は初めて見ました！」

「そう言ってもらえて嬉しいよ。作ったかいがあった」

どうやら、かなり気に入ってくれたらしい。

いつになくテンションの上がったアリシャを前に、俺も釣られて笑う。

「ロイドさま、ロイドさまっ」

そんなやり取りをしていると、リリナが俺の服の裾をちょいちょいっと引く。

「どうした、リリナ？」

「私の分も後で作ってくださいね？　忘れないでくださいね？」

リリナは心配そうに言うと、そわそわした感じで尻尾をふわふわと漂わせている。

ちょっとした嫉妬《しっと》と疎外感を覚えているのかもしれないな。

俺はそんなことを考えて、リリナの頭を優しく撫でる。

「もちろん覚えているよ。ちゃんとかっこいいのを作ってあげるからな。楽しみにしていてくれ」

「かっこいいの……ありがとうございます！　楽しみにしておきますね！」

リリナは俺の言葉を聞いて、にへらっとした笑みを浮かべる。

機嫌よさげに振っている尻尾を見るに、どうやらもう機嫌は直ったようだ。

「……」

「ん？」

そんなやり取りをしていると、アリシャが俺たちのことをじっと見ていた。

何だろうかと思って視線を向けると、アリシャは微かに顔を赤くして視線を逸らす。

「わ、私は穢れた者たちとの一件が終わってからで大丈夫ですから」

アリシャはそんな言葉を漏らして、コンパウンドボウをいじり始める。

一体、何が大丈夫なのだろうか？

あれ？　ていうか、このやり取り前にもしたことがある気がするな。

……気のせいか？

俺はそんなことを考えて、首を傾げる。

「ロイドさま、さっそくこの弓で試し撃ちをしたいのですが、よろしいですか？」

「そうだな。俺もどんな感じか見てみたいし、一緒に行くかな」

俺がそう言ってリリナの頭から手を離すと、リリナはハッとしてから手を上げる。

「それなら私も行きます！　ロイドさまの作った武器に興味があるので！」

そんなリリナの一言もあって、俺たちは全員でコンパウンドボウの威力を確かめるために、森に向かうことになった。


それから、俺たちは近くの森にやってきた。

アリシャは完成したばかりのコンパウンドボウを背負っており、上機嫌そうに俺の隣を歩いている。

これだけ気に入ってもらえているというのは、作り手としてとても嬉しいことだ。

「さて、どんな魔物の相手をしてもらうのがいいかな」

俺は森を歩きながら、ちょうど良さそうな魔物がいないか辺りを見渡す。

せっかくなら、生きていて動く標的の方がいいと思うのだが、あまり弱い魔物でも弓矢の威力が分からないかもしれない。

「あ、あそこに何かいますね」

すると、アリシャがぴたりと足を止めて何もいない茂みの奥を指さす。

ん？　一体、アリシャは何を指さしているんだ？

「え、どこにいるの？」

どうやら、リリナも俺と同じことを思ったようで、目を細めてきょとんと首を傾げる。

「ほら、あそこ。ちょっと待って……『遠視』。カウバイソンですね。大きな角のある牛です。ロイドさま、あの魔物を標的にしてもいいですか？」

アリシャは遠くの方を見つめながら、俺にそう聞く。

俺は聞き覚えのあるスキル名を聞いて、アニメの設定を思い出した。

そうだった。エルフは目が凄く良いんだったな。

エルフは昔から森に棲《す》んでいて、狩りをしてきた一族だ。

アニメでもアリシャがよく遠くの敵を見つけていた。

俺はじっと何も見えない森の奥を見つめながら小さく頷く。

「うん。俺たちには何も見えないけど、そいつでいいと思う」

別に、試し撃ちをするのは一度だけという訳ではない。

むしろ、俺たちには見えないほど遠い敵を倒せるのか。また、その命中率はどのくらいなのか。

そこら辺を把握するためには、ちょうど良い標的かもしれない。

「分かりました。それでは、標的はあの魔物ということで」

アリシャはそう言うと、背負っているコンパウンドボウを手にして、俺たちには見えない魔物に向けて構える。

アリシャは無駄な力が一切かかっていないような自然な構えをすると、矢を一本取り出して弓を引く。

「『中級魔法　瞬風《しゅんぷう》』」

アリシャが魔法を唱えると、矢の先に矢が一本分通れるくらいの小さな輪が形成される。

バブルリングのようなものはその場でとどまって、くるくると凄い勢いで回っている。

あ、これアニメで見たやつだ。

アニメの三期で、アリシャが弓の威力を上げるために生み出した魔法だ。

「……『狙撃』」

そして、アリシャは『狙撃』のスキルを使用して、その輪を通すようにして矢を放った。

シュンッ‼

静かに風を切る音だけがその場に残り、目にもとまらぬ速さで矢がアリシャの手から消えた。

すると、アリシャは矢の飛んでいった方を見つめながら口元を緩めた。

「ロイドさま、やりました。一撃です」

「まじか。見えない敵を一撃で倒すなんて……アリシャって凄いんだな」

「そ、そうですか？　ふふっ、嬉しいです」

アリシャはそう言うと、嬉しそうににこりと笑う。

歳《とし》のわりに大人びて見える笑みを前に、俺は何かを誤魔化《ごまか》すように頬を掻く。

「じゃあ、その倒した魔物を見に行くか」

「はい。そうですね。こっちです」

それから、俺たちはアリシャに案内してもらって倒したという魔物の元に向かうことになった。

カウバイソンという名前からすると、結構大きな魔物なんだろうな。

そんなことを考えながら歩いていたのだが、しばらく歩いても魔物の元にたどり着けずにいた。

「……アリシャ、倒した魔物の所までまだ距離ある？」

「もうすぐですよ。ほら、あそこです」

結構歩いたよなと思って軽く振り返ってみると、先程俺たちがいた場所がはるか遠くに見える。

これって、数百メートルくらいあるんじゃないか？

その距離の敵を撃ち抜くって、アリシャの弓の腕って相当いいんだな。

「え、アリシャこの魔物撃ち抜いたの？」

リリナの驚く声に引かれて視線を戻すと、そこにはテレビで見たことのあるバイソンのような魔物が倒れていた。

側頭部に風穴が開けられており、すぐ後ろにある太い木の幹には、深く刺さっている矢がある。

「これ、アリシャが？」

俺がそう聞くと、アリシャはニコッと笑みを浮かべる。

「はい！　これも、ロイドさまのアドバイスと新しい弓のおかげです。『瞬風』を重ねればもっと、威力も出せますよ！」

そういえば、アニメでも『瞬風』を何重かにして使うシーンがあった気がするな。

俺はアドバイスというほどのことは言ってはいないのだが、あれだけの情報から新しい魔法を作り出すとは……やっぱり、魔法の才能もとんでもないみたいだ。

そして、これだけ遠くのものを射貫《いぬ》くという弓の才能まであるとは。

俺は想像以上のアリシャの才能を見せられて、ただただ感心するのだった。

これなら、ケインたちにも後れを取らないかもしれない。

そして、俺は一人本気でそんなことを考えるのだった。

第八話　勝負開始

I was reincarnated as the leader of a villain party that specializes in banishment, so I banished myself before I got my comeuppance.

コンパウンドボウが完成してから二日後、ケインとの勝負の日がやってきた。

勝負内容が山の頂上付近にある洞窟の中にいるワイバーンの討伐ということもあって、勝負開始の場所は山の麓《ふもと》となった。

そして、俺たちが麓へと向かうと、すでにそこにはケインたち『竜王の炎』のメンバーと、見届け人として冒険者ギルドのエナさんがいた。

今回は山の中での勝負ということもあって、以前のアリシャとケインの決闘のときのような見物客はいなかった。

「よぉ、ロイド。逃げずによく来たじゃねーか」

すると、ケインは俺を見るなり、見下すような笑みを向けてきた。

そして、ケインの腕に自分の腕を絡ませているレナとエミが順々に口を開く。

「なんだ、遅いから逃げたんだと思った」

「怖《おじ》けずによく来ましたね。そこだけは褒めてあげましょう」

ケインはレナとエミに援護をしてもらったからか、腕に胸を押し付けてもらったからか分からないが、ニヤッとした笑みを深める。

「……気持ち悪い、嫌な人」

「穢《けが》れ過ぎて、見るに堪《た》えないですね」

そして、俺の両隣では、リリナとアリシャが主人公であるケインのことを冷たい目で見ている。

その間に挟まれているのはこのアニメの悪役こと、俺ロイド。

……すっかり、立場も性格も変わっちまったな。

俺はそんなことを考えながら、深くため息を漏《も》らす。

「それでは、両パーティが揃ったので、今回の勝負について改めて説明しますね」

エナさんは俺たちとケインたちが頷《うなず》くのを確認して、咳ばらいをしてから続ける。

「今回の討伐対象は、洞窟に棲《す》むワイバーンです。討伐の証として、ワイバーンの牙と爪の両方を持って帰って来てください。より早くその素材を持って冒険者ギルドに帰って来た方を、今回の勝負の勝利パーティとします」

エナさんがルール説明を終えると、ケインはふんぞり返ってビシッと俺を指さす。

「負けた場合は、ロイドは俺のパーティで一生雑用係だ。拒否権はないからな」

ケインがそう言うと、両隣にいるレナとエミ、後ろにいるザードが声を上げて笑う。

随分とリラックスしている雰囲気から、自分たちが負けるという未来をまるで想像していないらしい。

俺はそんなケインたちに合わせて、余裕な顔で笑う。

「おまえたちが負けたら、アリシャのことは諦めてもらうからな」

「はっ！　そんなクソエルフ、もう興味はねーよ。今はおまえをどうこき使ってやるかしか興味はないからなぁ、ロイド‼」

俺が余裕そうなのが気に入らないのか、ケインは眉間に皺を刻みながら俺を睨《にら》む。

よっし、これだけ言質《げんち》が取れれば十分だろう。

俺はそう考えて、エナさんに視線を向ける。

すると、エナさんは頷いてからケインを見る。

「それでは、両者負けた際はその条件を呑《の》むこと。見届け人として、私が両者の証人になることを誓います」

「言っておくが、今度クソみたいな采配したらおまえもただじゃおかねーからな、クソギルド職員」

「クソみたいなって……以前に中止を求めたのはケインさんじゃないですか」

しかし、エナさんの言葉を聞いてもケインたちはエナさんを強く睨み続けていた。

どうやら、ケインは前のアリシャとの決闘のことをまだ根に持っているらしい。

根に持つも何も勝手に周りの参加を煽《あお》って、本当に参加したら中止するように言ったケインもケインだとは思うのだが。

まぁ、乱入した俺がどうこう言えることでもないのかもしれないな。

「なぁ、ロイド。今回の勝負は互いのパーティが干渉するのはしょうがないよな、同じ魔物を狙うんだからよ」

「ああ、そうだな。そこは何も問題ないだろ」

俺がそう答えると、ケインはニヤニヤとご機嫌そうに笑う。

……もう少し表情を隠せばいいのにな。

俺はそんなことを考えながら、リリナとアリシャをちらっと見る。

すると、二人とも俺の言いたいことが伝わったのか、小さく頷いた。

ケインたちと勝負をするにあたって、俺たちは作戦を立てていた。

さすがに、A級冒険者たちのパーティを相手にするというのに、何も考えずに挑むほど馬鹿ではない。

作戦で重要なのは相手の動きを読むことだ。

そして、今のケインがアニメのロイドのような性格であることから、ロイドが取るような行動を読めば、ケインの行動もある程度読めるということになる。

「それでは、準備はいいですか？」

エナさんの言葉があって、俺たちは互いに少し距離を取る。

お互いにあまり距離を取らないあたりから、互いに同じことを考えているのだろう。

どうやら、俺たちは少し似ている部分があるみたいだ。

俺はそんなことを考えながら、ポーカーフェイスを決めていた。

「それでは、勝負開始です！　え？」

するると、エナさんの合図と共に、ケインたちが一斉に俺たちの方に体を向けた。

突然の事態に間の抜けたような声を漏らすエナさんをそのままに、ケインは愉快そうに大きな笑い声を上げげる。

「互いに干渉しても良いなら、いきなり潰し合っても何も問題はないよなぁ！　ロイドぉぉ!!」

「……そうだな。何も問題はない」

俺はケインたちが武器を構えるよりも早く、両手を地面につける。

「『黒霧（魔）』！」

「え、うおっ！　なんだこれは!!」

すると、勢いよく噴き出した黒い霧が俺たちの視界を遮った。

数歩先は何も見えないという状況で、俺は素早くエナさんの手を引く。

「え、え!?　な、なんですか？　何が起きてるんですか!?」

「勝負が始まっただけですよ。エナさん、危険なんで少しここから離れますよ」

俺はそう言うと、エナさんとアリシャを両脇に抱える。

リリナの姿が見えないということは、リリナはすでにスタンバイ済みなのだろう。

俺はさっきケインが浮かべていた以上に、にやっと悪役のような笑みを浮かべる。

……さぁ、勝負開始だ。

「くっそ、何も見えないぞ！」

「ケイン！　とりあえず、『支援』を頼む！　みんなは俺の後ろに！　『剛盾』‼」

「あ、ああ。『支援』！」

俺は突然の『黒霧（魔）』で辺りが見えなくなって取り乱すケインたちの声を聞きながら、エナさんとアリシャを両脇に抱える腕に力を入れる。

「『瞬地（魔）』！」

「きゃっ‼」

「わっ」

そして、そのまま『瞬地（魔）』のスキルを使って、一気に距離を取ってケインたちの方を振り返る。

よっし、『黒霧（魔）』の範囲外に出られた。

ケインたちは『黒霧（魔）』の中にいるが、今俺たちが立っている所には『黒霧（魔）』はない。

この状況なら、俺たちの方が動きやすい。

俺はそんなことを考えながら、両脇に抱えたエナさんとアリシャを地面に下ろす。

すると、エナさんはふらふらとしてからその場にぺたんと座り込んだ。

「な、なんだったんですか。急に」

「ケインたちが仕掛けてきたんで、自衛のために霧を張っただけですよ」

　エナさんはまだ何か言いたそうな顔をしていたが、俺たちもあまり悠長にしてはいられない。

　俺がアリシャの方を見ると、アリシャはすでにコンパウンドボウを構えて準備を済ませていた。

「よっし、アリシャ。後は頼むぞ」

「はい。任されました」

　アリシャはそう言うと、口元を緩めてから頷いて弓を構える。

　そして、じっとケインたちがいた付近を見てから弓を引く。

「『瞬風』……『狙撃』」

　アリシャが魔法を唱えると、矢の先に矢が一本分通れるくらいの小さな輪が形成される。

　そして、アリシャはその輪を通すようにしながら矢を放った。

　シュンッ!!

　そんな勢いよく風を切る音が聞こえた次の瞬間、鈍い金属音が響く。

　バギャンッ!!

「うわっ！　なんだ今の音は⁉」

「何かが盾にぶつかった！　あいつらの攻撃だ！」

ケインが驚く声を上げると、盾でアリシャの攻撃を弾いたザードが続いて声を上げた。

声色的にとても焦っているように思えるケインたちに対して、アリシャは悠々とした様子で次の矢を番《つが》える。

「いきなり当たりましたね。あそこですか……それでは、『瞬風』、『瞬風』」

すると、アリシャは矢の発射口に二つの『瞬風』を形成させる。

そして、先程と同じように自然なフォームで弓を引く。

「……『狙撃』」

シューンッッ‼

二つの『瞬風』を通過した矢は、さっき以上の速度で風を切ると、大きくて鈍い金属音を上げた。

ガギャンッッ‼

「うおっ！　さっきよりも随分と強い衝撃だぞ！」

「くそっ、何が起きてるんだよ！　おい、レナ！　早く魔法で霧を何とかするんだ！」

ケインとザードが騒いでいる声が聞こえるが、その声に反応するレナの声はいつまで経っても聞こえない。

「おい、レナ！　早くどうにかしてくれ！」

痺《しび》れを切らしたケインが大声でそう言うが、いつまで経ってもレナは返事をしない。

……どうやら、上手くいったみたいだな。

「レナさん？　え、うそっ。た、大変です、レナさんがいなくなりました！」

俺がそんな確信を持った頃、取り乱したようなエミの声が聞こえた。

「いなくなった⁉　いや、こんな霧の中でどこに行くって言うんだよ！」

「わ、私に聞かれても分かりませんよ！」

エミが大きな声を張るのを聞いて、俺は笑みを浮かべる。

どうやら、リリナが作戦を成功させたらしい。

『瞬風』、『瞬風』……『狙撃』」

バギャンッ‼　ギャギャギャッ‼

「ぐっ！　だめだ！　下手に動いたら狙われるぞ‼」

ザードはアリシャの攻撃から後ろにいる二人を守るだけで精いっぱいみたいだった。

……やっぱりな。前衛職がザードだけという構成が、そもそもおかしいんだよ。

「アリシャ、もう少ししたら移動するぞ」

「はい。分かりました」

俺はアリシャにそう言ってから、近くにいたエナさんを見る。

「それじゃあ、エナさん。また冒険者ギルドで」

「わ、分かりました」

それから、俺たちはエナさんがこの場を去ってからしばらくして、ザードへの攻撃を切り上げてこの場を後にした。

多分、ケインたちは『黒霧（魔）』が消えるまではまともに動こうとはしないだろう。

あれだけアリシャの攻撃を受け続けたのだから、下手には動けないはずだ。

「アリシャ、念のために『潜伏』のスキルを使って移動するぞ」

「分かりました。お願いします」

俺はアリシャから伸ばされた手を握って、『潜伏』のスキルを使って森を移動する。

目指す場所は洞窟とは全く関係のない場所。

そう、リリナとの合流地点だ。


「ロイドさま！　こっちです！」

洞窟がある方角とは反対のほうに走っていくと、そこにはリリナの姿があった。

俺が『潜伏』のスキルを解くと、リリナは俺たちに気づいて大きく手を振っている。

俺はアリシャの手を放して、リリナの元に近づいていった。

そして、予《あらかじ》め決めていた合流地点についた俺はリリナに笑みを向ける。

「リリナ、お疲れ様。素晴らしい手際の良さだったぞ」

「にへへっ、そうですか？」

俺がそう言うと、リリナはにへらっとした笑みを浮かべる。

ケインたちに気づかれずに作戦を実行できたのは、リリナの働きが大きい。

「もがっ、もががっ!!」

すると、足元で何か声にならない声が聞こえてきた。

足元に視線をやると、そこには座った状態で木に縛り付けられているレナがいた。

どうやら、口も縄で縛られているせいで喋れないらしい。

「もがっ、もがっ‼」

レナは俺たちを睨みながら必死に暴れているが、リリナが縛った縄から逃れることができないらしく、しばらく暴れまわった後は息を切らして大人しくなった。

「……何か言いたそうだな」

俺はそう言ってから、口を縛っている縄を解いてやる。

すると、レナはハッとしてから俺を強く睨む。

「ちょっと、どういうつもりよ‼」

「どういうつもりって、なにがだ？」

「今の状況がよ！　なんで私が攫《さら》われて拘束されないといけないの⁉」

レナはふーふーっと肩で息をしながらそう言う。

……まぁ、教えてあげてもいいか。

もうレナは戦線に復帰できないわけだしな。

「おまえたちのパーティって、メインの攻撃手段はレナの魔法だろ？　それも、空を飛ぶワイバーンを相手にするなら、レナを失えばあいつらは攻撃手段を完全に失う」

俺がそう言うと、レナはあっと小さく声を漏らした。

俺はそんなレナを見ながら続ける。

「そもそも前衛職がザードだけって言うのが歪《いびつ》なんだよ。後衛三人を一人で守るわけだろ？　その中でも、最も重要なケインを守るようにレナが一番後ろに立つ。一番攫いやすいところに重要人物を配置するのはどうかと思うぞ」

俺はレナにそう言ってから、今回の作戦を思いだす。

今回の作戦は次の通りだ。

まず初めに、俺が『黒霧（魔）』でケインたちの視界を奪う。

次に、アリシャが弓で攻撃をすることで、ザードは前方向しか警戒できなくなる。

あとは、レナが『黒霧（魔）』を魔法でどうにかしてしまう前に、暗殺者スタイルが身についたリリナがレナを攫う。

リリナが『黒霧（魔）』の中でも動けることは、前に戦った魔物で実証済みだからな。

レナがパニックになっている間に、ケインの『支援』の範囲外に出てしまえば、リリナでもレナを連れ去るのは難しくはない。

……まぁ、不意討ちみたいな感じだから、せこいと言われればせこいかもしれないが、勝つためには仕方がないだろう。

「うるさい、うるさい！　私たちの実力についてこられるような冒険者がいないのが悪いのよ!!」

するとしばらく黙っていたレナが苛立《いらだ》つように声を荒らげる。

俺はレナに強く睨まれながら、少し前から気になっていたことを聞くことにした。

「そういえば、荷物持ちの男はどうしたんだ？」

「あんなのすぐにやめたわよ！　入るときは必死に頭を下げて何でもやるって言ってたのに、突然やめるとか言い出したのよ。ほとんど失踪みたいにいなくなったわよ、あの根性なし！」

「なるほどな……嫌われ過ぎているから、前衛の補強もできなかったってことか」

荷物持ちにも逃げられるのだから、優秀な前衛職なんて入ってくれるわけない。

エナさんもケインたちは相当嫌われていると言っていたし、そのせいで人が寄ってこないのだろうな。

俺がそんなことを考えていると、レナは顔を俯《うつむ》かせてぎりっと歯ぎしりをする。

それから、レナは顔を上げて俺を小ばかにするように笑う。

「そもそも、あんたが急にやめるとか言い出すからでしょ？」

レナは鼻で笑ってから続ける。

「噂になってるわよ。あのロイドが人助けをしてるってね。私たちのパーティやめた途端に良い人気取りって……今さら正義漢ぶっても遅いからね」

「確かに、ロイドは色々とやり過ぎていたかもしれない。でも、これ以上悪事を働かないように踏みとどまるのは、悪いことではないだろ？」

俺がそう言うと、レナはニヤッと口元を緩める。

「は？　よく言うわよ。私たちの考えに気づいて急に逃げ出しただけのくせに」

「私たちの考え？」

俺は思ってもいなかった言葉に首を傾《かし》げる。

一体、何のことを言っているんだ？

「白々しいわね、本当に……腹が立つ」

レナは大きなため息を漏らしてから、俺をキッと強く睨む。

「だから、さんざん煽《おだ》ててあんたを色んなことの実行犯に仕立て上げて、大半の罪をなすりつけていたことよ。それに気づいてパーティを抜けたんでしょ、あんた」

「……は？」

俺は想像もしなかった言葉を前に、間抜けな声を漏らす。

「本当に最悪よ。どこで気づかれたのか……」

レナはそう言うと、大きなため息を吐《つ》く。

そんな不貞腐《ふてくさ》れる姿を前に、俺は何も言えずにいた。

ロイドに大半の罪をなすりつけていた？

まてまて、そんな設定聞いたことないぞ。

俺はそんなことを考えながら、アニメの展開を思い出す。

確か、アニメでロイドたちが憲兵に捕らえられたとき、一番罪が重かったのはロイドだった。

それは全ての悪事の主犯がロイドだったからだ。

でも、レナの口ぶりから察するに、それらは全てレナたちに意図的に仕組まれたことだったというのか？

俺が困惑《こんわく》していると、レナが不敵に笑う。

「まぁ、もうあんたの代わりにケインがいるからいいけどね。ケインは勝手に暴走することもあるけど、罪を全面的に被ってくれるからありがたいわ」

俺はレナの言葉を聞いて目を見開く。

少し見ない間に、ケインは別人と見間違えるくらいに変わっていた。

鬱憤《うっぷん》が溜まっていた反動で、煽てられて変わっただけだと思っていたが、それだけではなかったらしい。

……まさか、ケインをそんなふうに扱っていたとは。

俺が何も言えずにいると、レナは鼻で笑う。

「長年かけて煽ててきたアンタとは違って楽でいいわよ、ケインは」

「長年かけて煽ててきた？」

「そうでしょ？　随分と白々しい演技を続けるのね」

レナはそう言うと、俺をじろっと睨んでから大きなため息を漏らす。

俺は長年かけて煽ててきたという言葉に引っ掛かりを覚える。

アニメでは、ロイドたちがいつ頃からパーティを組んでいたのか語られなかった。

レナの言葉を信じるのなら、ロイドは長年レナたちに煽てられてきたということになる。

ケインと同じように煽てられて、乗せられて悪事に手を染めるようになったということだろう。

仮にそうだとしたら……元々、ロイドは悪い奴だったのだろうか？

本当なら、心優しいケインのような性格だったのかもしれない。

もしかして、このアニメの被害者って……

「ロイドさま？」

「ロイドさま？　大丈夫ですか？」

俺が黙り込んでしまうと、リリナとアリシャが心配そうに俺の顔を覗《のぞ》いてきた。

俺は自分がしばらく考え込んでいたことに気づき、慌てて顔を上げる。

「あ、ああ。大丈夫だ、問題ない」

そうだ。今は深く考えている場合じゃない。

レナを連れ去ったことによって、俺たちはスタート地点から遠ざかってしまった。

あまり悠長に話していると、ケインたちに先に進まれてしまうかもしれない。

「じゃあ、俺たちは行くから」

「は？　ちょ、ちょっと、どういうこと？　私はどうなるのよ？」

俺がレナを置いて立ち去ろうとすると、レナが慌てたように俺を呼び止める。

俺は振り向いて何でもないことのように口を開く。

「この辺りは冒険者もよく通る。運が良ければ見つけてもらえるんじゃないか？」

「ま、待ちなさいよ！　本気で言ってるの？」

「あ、そうだ。後からケインたちを追うのはいいけど、おすすめはしないぞ。多分、ケインの『支援』がないレナが山の奥まで行ったら、魔物に殺されかねないからな」

俺がそう言うと、レナはサーッと顔を青くさせる。

俺がそこまで言って立ち去ろうとすると、レナが焦った口調で続ける。

「え、ちょ、ちょっと！　それなら余計に縄解いてから行きなさいよ!!」

俺たちはそんなレナの口を再び縄で縛って、洞窟を目指すことにしたのだった。

◇◇◇

一方ケインたちは、レナを失った状態でワイバーンがいる洞窟を目指していた。

そして、レナというメインの攻撃手段を失くしたケインたちは、山の攻略に苦戦を強《し》いられていた。

「グォオ!!」

「『剛盾』！　ぐっ！」

ケインの『支援』を受けて防御力を強化されたザードは、大きなカバのような魔物からの突進に耐える。

そして、その隙《すき》を見て、その後ろから短剣を手にしたケインが魔物に向かって突っ込んでいき、短剣を振り下ろす。

ガガッ！

しかし、ケインの短剣は魔物の皮膚表面を軽く傷つけただけで、大したダメージも与えられていなかった。

「くそっ！　全然斬れないぞ！」

ケインの『支援』は自分の身体強化もできる優れものだ。

それでも、攻撃系統のスキルを持っておらず、元のステータスも低いケインの攻撃は、防御力が高い魔物には通じなかった。

そのままザードの後ろに退《しりぞ》いてきたケインを見て、ザードは舌打ちをする。

いつもはケインのことを煽てているザードだが、襲ってくる魔物の攻撃からいくら守っても、まったく通る攻撃をしてくれないケインに苛立ちを覚えていた。

「おい、ケイン！　頼むからたまにはダメージを入れてくれ！」

「あぁ？　それなら、おまえが倒せばいいだろ!!　俺がいなければ、おまえはA級じゃいられないんだぞ！　口の利《き》き方《かた》には気をつけろよな！」

「くっ……分かったよ。『支援』はちゃんとしておいてくれよ」

ザードはぴくっと眉を動かしてそう言う。

そして、今日だけで何度目にもなるスキルを使うために、ぐっと身を屈める。

「『硬化』……『強突』！」

ザードは強く地面を蹴ってそれらのスキルを使い、魔物目がけて突進をしていく。

ガギィッ!!

魔物とぶつかって鈍い衝突音が聞こえても、ザードは足を休めようとはしない。

「グォォ!!」

「おおらぁ!!　『強突』、『強突』!!」

そして、『支援』のスキルを受けたザードは、そのまま立て続けにスキルを使って、魔物に何度も突進をしてく。

「グォ、グォォ!!」

「おらぁっ！　『強突』!!」

そのまま崖まで魔物を追いやっていくと、ザードは最後に思いっきり魔物を押し込んで崖から落とした。

「ぐ、グォォ!!」

そして、魔物を崖から落としたザードは、息を切らしながら魔物が落ちていく様子を見下ろす。

「はぁ、はぁ……どうだ、この野郎」

ザードはそう言うと、膝に手を置いて息を整える。

本来ならば、ケインの『支援』のおかげもあってそこまで疲れないはずだが、今回は違っていた。

ケインの攻撃が通らない以上、メインで攻撃をするのはザードの仕事になる。

それに加えて、盾役としてエミとケインを守らなければならない。

ザードは実質一人で山の攻略をしていた。それも、攻略のペースはケインに合せなければならない。

色んな条件が重なり、ザードはいつも以上に疲弊していた。

「ザードさん、お疲れ様です」

「よくやったな、ザード」

ザードが戦い終えると、エミとケインがそう言ってザードの元にやってくる。

なぜか堂々としているケインの姿を前に、ザードは喉まで出そうになっていた言葉を呑み込んで、顔を引きつらせた笑みを浮かべる。

「なぁ、ケイン。やっぱり、一度レナを捜しに行かないか？」

エミはザードの言葉を聞いて、隣にいるケインに腕を絡める。

「そうですよ、ケインさん。レナさんを捜してみませんか？　少し時間はかかるかもしれませんが、そっちの方が確実じゃないですか？」

レナが攫われたとき、レナを捜そうという二人の意見を無視して洞窟に向かうと言ったのはケインだった。

今なら、ケインを説得できるかもしれないと思ったエミは、いつもよりも体を密着させてケインの説得を試みる。

しかし、ケインはぐいっとエミの体を押して突き飛ばす。

「捜しに行くわけないだろ！　その間にロイドの奴にワイバーンを先に討伐でもされてみろ、あいつに復讐ができないだろうが！」

ケインはそう言うと、苛立ちをそのままにずんずんと進んでいく。

「ほら、馬鹿なこと言ってないで早くいくぞ！　付いて来い！」

そう言って先に行こうとするケインを見て、ザードとエミは顔を見合わせる。

「……付いて来いって言ったって、あいつ『支援』くらいしかできないだろ」

「……神輿《みこし》としては担ぎやすいんですけどねぇ。性格に難があり過ぎです」

二人は小声で聞こえないようにそんな言葉を漏らしていた。

『竜王の炎』のメンバーは、誰もケインのことを認めてはいなかった。

ただケインの『支援』というスキルがあるから、それを利用しているだけだった。

だからこそ、認めていない男に命令をされることに苛立ちを覚えていた。

「ちんたらするなよ！　俺のおかげでA級でいられるんだからな、おまえらは‼」

ケインに怒鳴られてしまい、ザードとエミは渋々その背中を追うのだった。

ただ、二人の目は仲間に向けるには冷たすぎるものだった。

◆◆◆

俺たちはレナを森の入り口近くに置いて、そのまま洞窟に向かっていた。

色々と考えたいことはあるが、今はそれよりも勝負を優先しなければならない。

俺はレナから聞いたことを一旦忘れるように自分に言い聞かせて、勝負に集中することにした。

なんだか前に来たときより、魔物が少ないな。

以前に俺たちが生態系を乱す魔物を倒したせいか、山を登っている最中に魔物と出くわす回数が減っていた。

少しずつだが、魔物たちがもとの縄張《なわば》りに戻っているのかもしれないな。

そのおかげもあってか、以前よりも楽に山を登れていた。

……まぁ、俺たちが楽をできている理由は、それだけではないんだけどな。

「あ、ちょっと待ってください。あそこに魔物がいます」

アリシャはそう言うと、何もいない茂みの奥を指さす。

「……何かいるのか？」

「どうなんですかね。私も分かりません」

俺とリリナが目を細めてアリシャが指さす方を見ていると、アリシャは手際よくコンパウンドボウを構える。

「『遠視』。うん、そんなに強くなさそうなので、ここから狙っちゃいますね。『瞬風』……『狙撃』」

そして、アリシャはそう言うと、流れるような仕草で弓を引く。

シュンッッ！

「ビギィィ‼」

風を切り裂く音が聞こえたと思った次の瞬間には、遠くで魔物の悲鳴が上がった。

俺がちらっとアリシャを見ると、アリシャは満足げにこくんと頷く。

「やりました。一発です、ロイドさま」

「そ、そっか。凄いな。いや、本当に」

俺は魔物の悲鳴がした方を見ながら、そんなことを呟《つぶや》く。

一体、これで何度目だろうか？

アリシャが俺たちには見えない魔物を仕留めたのは。

そう、俺たちが山をスムーズに進めているのは、アリシャが俺たちに見えないくらい遠くにいる魔物を簡単に倒してくれるからだ。

魔物もそんなに遠くから狙われるとは思っていないのか、油断していることが多く、簡単にやられていく。

遠方からバレずに相手を仕留める仕事ぶりは、本当のスナイパーのようだ。

遠方の敵はアリシャが視覚で、死角から近づいてきた敵はリリナが耳と鼻で感知する。そんな理想的なパーティとしての戦い方が完成しつつあった。

とても即興パーティの完成度じゃないんだよなあ……

「なんか手持ち無沙汰《ぶさた》過ぎるんですけど」

「そうだよな。なんか俺たちが楽し過ぎてるよな」

リリナが少しつまらなそうに呟く声を聞いて、俺も隣で自然と頷く。

以前リリナと二人だけで攻略したときと比べて疲労感がまるで違う。

アリシャの負担が大きい気がして、なんだか申し訳ない気がしてきた。

「アリシャ、そんなに連続して戦って疲れてないか？　たくさん『瞬風』を使ったら、魔力の消費だって馬鹿にならないだろ？」

「いえ、私は大丈夫ですよ。この魔法、一瞬だけ矢を勢いよく飛ばすことに特化しているので、魔力の消費は少ないんです」

アリシャは汗を拭《ぬぐ》ってから、ニコッとした笑みを浮かべる。

少し疲れているようにも見えるが、本人的には魔物を倒す達成感を心地よく感じているのかもしれない。

もう少ししたら休憩を入れた方がいいかもな。

俺がそんなことを考えていると、リリナの銀色の耳がピコピコと動いた。

機嫌が良いときの動き方とは違う、緊張感のある動き。

そして次の瞬間、リリナがバッと茂みの方を睨む。

「ロイドさま！　こっちの方から凄い勢いで何かが来ます！」

俺とアリシャはリリナの声を聞いて、急いでリリナが睨む方に長剣と矢を構える。

やがて、がさがさっと大きな音がした後、黒くて大きな影が見えた。

そして、数本の長い脚が見えたと思った次の瞬間、その魔物が何かこっちに向かって吐いてきた。

ブシュルルッ‼

まずい、いきなり来たか。

「『嵐爪（魔）』‼」

ズシャァァ‼

俺は長剣を上から振り下ろして、鋭い斬撃でその何かを斬り裂く。

はらりと何かが舞って降ってきたので、それを手で払う。

「なんだこれ？　糸？」

すると、魔物がガサガサッと音を立てて茂みから姿を現した。

そこにいたのは、俺の身長の二倍ほど大きな魔物だった。

それは、真っ黒な体に赤い斑点模様があり大きなクモのような姿をしている。

さすが異世界……虫のスケールも大きき過ぎるな。

俺は別々に動く真っ黒な脚を前に、顔を引きつらせた。

「とりあえず、リリナとアリシャは魔物と距離を取ってくれ」

俺は長い脚をかさかさと動かすクモの魔物を前に、二人に指示を出す。

俺の考える作戦は単純だった。

遠くからアリシャに狙撃をしてもらいながら、その不意をリリナについてもらう。

あとは、俺が決定打となる攻撃を打ちこむというパターンだ。

何度も成功しているこのパターンでいけば、倒せない相手ではないはずだ。

とりあえず、二人が距離を取れるように時間を稼がないとな。

俺がそう考えて長剣を振り上げると、魔物は口をもごもごとさせてから上を向く。

ブシュルルッ‼

そう思った次の瞬間、俺たちの周りに半透明の何かが張り巡らされた。

陽《ひ》の光に照らされて見える糸は何かの規則に従うように張られており、俺たちを逃がさないという強い意思を感じる。

「これ、クモの巣ですか？」

「ああ。それも特大のな。リリナ、アリシャ。迂闊《うかつ》に触れるなよ」

下手に距離を取ろうとしたら、このクモの巣に捕まえられてしまう。

どうやら、さっき指示した作戦通りにはいかなそうだ。

俺たちが動けないでいると、魔物はクモの巣に飛び乗ってこちらの出方を窺《うかが》っていた。

「とりあえず、ここから狙いますすね」

アリシャはそう言うと、クモの魔物に弓を構える。

その瞬間、アリシャの弓が張り巡らされたクモの巣に微《かす》かに触れた。

カサカサカサッ！

すると、その揺れを感じ取ったのか、魔物がクモの巣を伝って勢いよくアリシャに向かってきた。

「え？」

動きだした魔物に対して、アリシャはまだ『瞬風』を展開できていない。

マズい！　このままだとアリシャが魔物の餌食《えじき》になる！

そう思った俺は、体の向きを変えて振り上げていた長剣を思いっきり振り下ろす。

「『豪力（魔）』！」

ズシャァアン‼

ちょうど魔物とアリシャの間に剣を振り下ろすと、魔物は俺の『豪力（魔）』に驚いたのか慌てて後退する。

俺が長剣を振り下ろした先では、斬られたクモの巣がはらりと舞っていた。

……やっぱり、この糸はある程度力を入れれば無理やり斬れるな。

俺はそう考えると、再び長剣を振り被ってそれを振り回す。

「『豪力（魔）』！　『嵐爪（魔）』！」

ズシャァアン‼　バギャンッ‼

俺がスキルを使ってクモの巣を斬りまくると、俺たちの近くにあったクモの巣をあらかた斬り払うことができた。

「けほっ、けほっ」

「こほっ、ロイドさま、戦い方がワイルドですね」

……少しやり過ぎたかもしれないな。

リリナとアリシャが砂煙で咳き込む姿を見て、俺は申し訳なさを覚える。

「リリナ、『潜伏』と『隠密』でアリシャと共に息を潜めていてくれ。アリシャはいつでも『狙撃』を撃てる準備を頼む」

俺がそう言うと、リリナは急いでアリシャの手を取る。

「わかりました、ロイドさま」

「はい、いつでも撃てるようにしておきますね」

俺の背後に回った二人の声を聞いてから、俺は魔物を正面から見てどうしたものかと考える。

俺たちの周りにあったクモの巣は斬ったと言っても、魔物に近づくためにはまだクモの巣を斬る必要がある。

でも、目の前に広がるクモの巣を全て斬って魔物の元に向かうというのは、あまりにも効率が悪すぎる。

色々と考えている俺に対して、魔物はどこか余裕があるのか、遠くから俺の行動をじっと観察しているようだった。

『嵐爪（魔）』で斬撃を飛ばすか？

いや、それだとただ避けられて終わる気がするな。

この状況で相手の動きを封じる技……

「『嵐爪（魔）』よりもこっちの方がいいか？」

俺はそこまで考えてから、長剣を振り上げる。

「『竜風（魔）』！」

俺が剣を振り下ろしてスキルと使うと、渦の中心を相手に向けるようにした竜巻が魔物に向かって飛んでいった。

微かに地面を削るような勢いで飛んでいった竜巻は、クモの巣を断ち切ったり絡めたりして、魔物の足場を乱す。

そうだ。これでいい。あくまで俺の狙いは、相手の動きを止めること。

「ギ、ギッ」

「今だ、アリシャ！」

俺がそう言うと、俺の後ろから勢いよく風を切る音が聞こえた。

シューンッッ!!

そして、素早く飛んでいった矢は足場を乱されて動けない魔物の体を貫く。

ズシャッ!! ズシャッ！

「ギ、ギッ！」

二本の矢に体を貫かれた魔物は、そんな声を漏らして動きが鈍くなった。

リリナの『潜伏』と『隠密』のスキルの力のおかげか、完全に不意を突かれた魔物は防御が遅れたらしい。

いや、それだけではないか？

よく見ると魔物の様子がおかしい。

矢で貫かれてから、手足の動きが変だな。以前にリリナが毒で魔物の動きを鈍らせたときに似ている。

……なるほど。さっきアリシャが放った矢はリリナの毒付きか。

状態異常ってことは、レベル差があっても『スティール』を使えるってことだよな。

この一瞬の隙を逃すわけにはいかない。

俺は魔物が軽くよろめくのを見ながら、左手をぐっと魔物に向ける。

「『スティール』！」

俺がスティールを使うと、左の手のひらがぱぁっと光る。

そして、すぐに小さな画面が現れた。

『スティールによる強奪成功　スキル：硬糸《こうし》（魔）』

「よっし、一番面倒くさそうなのを奪えたな」

さて、このスキルがどんなものなのか。

「せっかくだから、試してみるかな。『硬糸（魔）』」

シュルルッ！

俺が左手を魔物に向けながらスキルを使うと、クモの糸が俺の手から伸びていって魔物の体をぐるぐる巻きに縛り付ける。

「ぎ、ギ！」

「なるほど、結構硬そうな糸だな。拘束用のスキルか？　結構自在に操れる感じなのかな？」

それから、俺は魔物相手に『硬糸（魔）』を使用して、使い方を色々と試すことにした。

色々と試しているうちに、すっかり動かなくなった魔物を前に俺はまた左手を向ける。

「せっかくだから、スキルは取れるだけ取っておかないとな」

「ギ、ギ……」

俺は脅《おび》える魔物に再度『スティール』を浴びせてから、最後にまた剣を振り下ろした。

ワイバーンを相手にする前に、良いスキルが奪えたかもしれない。

こうして、魔物との戦闘を終えた俺たちは、引き続き洞窟を目指すのだった。

「とりあえず、洞窟には着いたけど結構長いな」

クモのような魔物との戦闘を終えてから、俺たちは道中にいる魔物たちを倒しながらワイバーンが棲み着いているという洞窟にやってきていた。

以前は山のてっぺんに着くなり秘薬《ひやく》を回収して帰ってしまったので、こんな場所があるとは知らなかった。

多分、アニメでもこんな洞窟のシーンはなかったと思う。

じめっとした洞窟の中を進んでいく道中、魔物に遭遇したがリリナもアリシャも強くなってくれているので、比較的楽に洞窟の奥へと進んでいくことができた。

俺はちらっと隣を歩くアリシャを見ながら、ふむと呟く。

「アリシャも『潜伏』を覚えてくれたし、もう本格的な狙撃手だよな」

「そう言ってもらえて嬉しいです。エルフは狩猟を行うことも多いので、気配に敏感だから習得が早かったのかもしれませんね。ワイバーンとの戦闘前に覚えられてよかったです」

アリシャはそう言うと、ニコッと笑う。

ここまで来る道中、アリシャには魔物にばれない位置から何度も弓で『狙撃』をして援護をしてもらった。

それに加えて、極力不要な戦闘を避けるために一緒に『潜伏』のスキルを使ってきたからか、アリシャも『潜伏』のスキルを習得したのだった。

……パーティメンバー全員が『潜伏』のスキル持ちって、なんか悪いことをする集団みたいだな。

でも、狙撃手と暗殺者がパーティにいると思うと、凄く心強い気もする。

俺がそんなことを考えていると、隣でリリナが俺の服の裾をくいくいっと引く。

「ロイドさま、私は？　私もお役に立ててますか？」

「もちろんだ。敵の攻撃を受け流す『流動』とかも覚えたし……どんどん達人になっていくな、リリナは。本当に心強いよ」

「にへへっ、そうですか？　これも愛の力かもしれませんね！」

リリナは俺に褒められたのが嬉しかったのか、両頬《りょうほお》に手を置いて銀色の尻尾《しっぽ》をブンブンと振っていた。

アリシャが道中の魔物を倒して活躍していく中で、リリナも新しいスキルを身に着けて確実に成長していた。

リリナ曰《いわ》く、『私もロイドさまのお役に立ちたいと強く思いながら戦っていたら、新しいスキルを覚えました！　愛の力かもしれません！』と本気の顔で言っていた。

普通なら信じられないことなのだが、ヒロイン補正という力がある以上、強く否定できないのが現状だ。

結果として強くなっているわけなので、嬉しい限りではあるんだけどな。

「あれ？　そういえば、ここら辺は魔物が少ないな」

さっきまでは色んな魔物の相手をしてきたはずなのに、ここ数分魔物と出くわしていない。

俺がなぜだろうかと思っていると、リリナが銀色の耳をピコピコと動かす。

すると、リリナの表情がピリッとしたものに変わった。

「リリナ？」

「ロイドさま。この先から凄い大きな音が聞こえます」

「大きな音？」

俺はアリシャと共に耳を澄ましてから、顔を見合わせて首を傾げる。

どうやら、俺たちには聞こえない何かがリリナには聞こえているらしい。

「とりあえず、慎重に向かってみるか」

俺がそう言うと、リリナとアリシャはこくんと頷く。

俺たちは『潜伏』のスキルを使って、慎重に洞窟の奥へと向かっていった。

すると、しばらく進んでいった先から微かに光が漏れてきた。

何だろうかと思って物陰から覗いてみると、洞窟の天井に穴が開いており、そこから陽の光が入ってきていて、神秘的な光景が広がっていた。

「……綺麗だけど、感動している場合じゃないよな」

俺はその光に照らされている大きな体をした魔物を前に、顔を引きつらせる。

水色の鱗《うろこ》で覆われた体に大きな両翼が特徴的な姿は、以前相手にしたイグアナのような魔物よりも一回り以上大きくて、ドラゴン染《じ》みている。

それもそのはずだろう。

だって、俺たちの目の前にいるのは、討伐対象であるワイバーンなのだから。

第九話　勝負の行方

I was reincarnated as the leader of a villain party that specializes in banishment, so I banished myself before I got my comeuppance.

俺は初めて肉眼で見るワイバーンを前に軽く感動していた。

今まで相手にしてきた魔物は前世で似たような動物を見たことがあったが、ワイバーンは俺が前世で見てきたどの動物とも違っているように見える。

「ん？　なんか殺気立ってないか？」

「グルルッ……」

確か、冒険者ギルドの話ではこの洞窟を住処《すみか》にしているという話だった。

自分の住処なのだからくつろいでいるのだろうと思ったが、辺りをきょろきょろと見渡していたり、小さく唸《うな》っていたりして落ち着いていないように見える。

俺が不思議に思って首を傾《かし》げていると、それを見ていたリリナが隣で呟《つぶや》く。

「私たちのことに気づいていなくても、自分の縄張りに何者かが入ってきたことには気づいているのかもしれませんね」

「なるほどな。そうなってくると、いつかは俺たちのこともバレるってことだよな」

『潜伏』のスキルは姿を見えなくするスキルではない。あくまで、気づかれにくくするスキルだ。

相手に警戒されていると、『潜伏』のスキルの効果も薄くなるかもしれない。

「それなら、今のうちに先手を取った方がいいかもな」

相手の方が力が強いのなら、先手を取ることは必須だ。

不意を突けるチャンスを逃すのは得策ではないだろう。

俺がそう言うとリリナとアリシャはこくんと頷《うなず》く。

それから、リリナとアリシャが武器を構えたのを見て俺は続ける。

「それじゃあ、アリシャは遠くから弓で、リリナは隙《すき》を見て魔物にダメージを与えてくれ。俺は魔物の注意が二人にいかないように派手に動くからな」

俺は二人が再び頷いたのを確認してから、二人から距離を取る。

そして、俺が距離を取ったのを確認して、アリシャは矢の先をワイバーンに向ける。

「『瞬風』、『瞬風』……『狙撃』」

シュ――――ンッ‼

そして、勢いよく風を切る音と共に、矢はワイバーンに向かって飛んでいく。

「ガアァァ‼」

すると、ワイバーンは飛んでくる矢に気づいたのか、突然咆哮《ほうこう》を上げて空を飛んだ。

アリシャの矢はひらりとかわされてしまい、ワイバーンがじろっとアリシャがいる方角を睨《にら》む。

まずい、このままだとアリシャの居場所がバレる！

そう思った俺は慌てて『潜伏』を解いて、ワイバーンの前に飛び出す。

そして、ワイバーンが俺の姿に気づいた瞬間、長剣を振り上げる。

「『嵐爪（魔）』！」

俺が剣を振り下ろすと、斬撃が勢いよくワイバーンの元に飛んでいった。

「ガアァァ!!」

ガギィイン!!

しかし、俺の斬撃はワイバーンの硬い爪で弾かれ、洞窟の壁に逸《そ》れてしまった。

砂煙が舞う中、俺は顔を引きつらせる。

あんな簡単に『嵐爪（魔）』を……何かのスキルか？

俺がそんなことを考えていると、ワイバーンは俺をじっと見ていた。

「ガアァァ!!」

そして、ワイバーンは俺に向けて大きく咆哮した。

どうやら、ワイバーンを随分と怒らせてしまったらしい。

ワイバーンの口の端から火の粉のようなものが飛んでおり、今にも炎でも吹いてきそうな雰囲気がある。

「『瞬風』、『瞬風』……『狙撃』」

俺がそう考えていると、ワイバーンに向かって一本の矢が勢いよく飛んでいった。

シュ――ンッ!!　ガガッ！

アリシャの飛ばした矢はワイバーンの体に直撃したが、先が軽く刺さっただけでピタリと止まった。

おそらく、遠目からでも分かる硬い鱗《うろこ》のせいだろう。

やはり、アリシャの矢は決定打には欠けるか。

「ガアアアア!!」

すると、ワイバーンは矢が飛んできた方をちらっと見てから、俺の方に凄い勢いで向かってきた。

そして、口を大きく開けると、火の粉を辺りに振り撒きながら炎の玉のような塊を吐き出してきた。

ゴウゥゥ!!

勢いよく俺に向かってくる炎を前に、俺は慌てて剣を構える。

「くそっ、『竜風（魔）』！」

俺が剣を振り下ろしてスキルを使うと、渦の中心をワイバーンに向けた竜巻が、炎の塊に向かって飛んでいった。

そして、竜巻は炎の塊と衝突すると、炎の塊と相殺《そうさい》されて熱風を辺りに吹き散らす。

ボシユゥウゥッ!!

「あつっ……ん？」

「ガアアア!!」

俺が熱風に目を細めると、その熱風に紛れてワイバーンが俺の元に突っ込んで来て、鋭い爪を俺にぐっと伸ばしてきた。

俺は慌ててまた長剣を構えて、伸びてきたワイバーンの爪を弾く。

「うおぉっ！　『豪力（魔）』！」

「ガアアァ!!」

ガギャンッッ!!　ガガッ!!

俺が力任せに剣を振ってワイバーンの爪を弾くと、鈍い金属音が洞窟に響く。

弾かれた力をもろに受けた地面は大きくえぐれ、荒々しい跡を残した。

すると、ワイバーンは一度俺と距離を取るために翼を広げて空を舞った。

「はぁ、はぁ……随分とパワー系の戦い方をしてきやがる」

なんとか攻撃をしのぎ切った俺とは違って、ワイバーンは軽やかに翼をはためかせている。

俺は頬《ほお》に伝ってきた汗を拭《ぬぐ》う。

まずは、何とか地上に下りてきてもらわないとな。

俺は切っ先をワイバーンに向けながら、打開策を考える。

「……うん、この作戦が一番成功率が高いか？」

「ガアアアア!!」

俺がワイバーンを前に作戦を考えていると、ワイバーンが痺《しび》れを切らしたのかまた俺に突っ込んで来ようとしていた。

俺は慌てて左手を地面につける。

「そう何度も受けられるかよ。『黒霧（魔）』！」

俺はそう言って、ワイバーンの視界を奪うために黒い霧を発生させる。

「ガアア……」

俺は一瞬大人しくなったワイバーンの声を聞きながら、急いでアリシャがいる付近に走っていく。

確か、記憶が正しければこの辺にいるはずだ。

俺がそう考えながらきょろきょろと捜していると、『潜伏』で見つけづらくなっているアリシャを見つけた。

「いた、アリシャ！　作戦があるんだが聞いてくれるか？」

「ロイドさま。はい、もちろんです」

アリシャは一瞬驚いてから、こくんと頷く。

それから、俺はきょろきょろと辺りを見渡す。

「できれば、リリナとも作戦を共有したかったんだが……」

今回の作戦はリリナとアリシャの役割が大きい。

だから、リリナとも情報を共有したかったのだが、『隠密』のスキルで隠れているリリナを見つけるのは難しいみたいだ。

「お呼びですか、ロイドさま」

「うわっ！　びっくりした。いたのか、リリナ」

「もちろんです。ロイドさまのいるところに私ありですから！」

リリナは誇らしげにそう言って胸を張る。

どうやら、俺が気づかなかっただけでリリナは俺たちのすぐ近くにいたらしい。

……もしかしたら、リリナは俺が思っている以上に暗殺者としての素質があるのかもしれないな。

俺はそんなことを考えながら、小さく咳ばらいをする。

「とりあえず、リリナが近くにいてくれてよかったよ。作戦変更だ。二人にしてもらいたいことがある」

俺はそう言ってから、二人に今回の作戦を伝えるのだった。


「ガアアァ!!」

俺たちが作戦の共有と準備を終えた頃、ワイバーンが咆哮した。

それと同時に凄い勢いの風が『黒霧（魔）』を霧散《むさん》させる。

『黒霧（魔）』がなくなると、ワイバーンは俺を見ながらまた口から火の粉を漏《も》らしていた。

「まぁ、長くはもたないだろうとは思っていたよ」

俺はそんな言葉を漏らしてから、長剣の切っ先をワイバーンに向ける。

シューンッ、ピシッ、ピシッ！

すると、俺の後方からワイバーンに数本の矢が飛んでいって直撃した。

しかし、今度はその矢は刺さることなく、当たっただけで落ちていく。

ワイバーンからすると、ただ目障りで防ぐ必要もない攻撃だろう。

当然、そこに防御系のスキルを振ることもしないし、剣を構えている俺の攻撃に備えるはず。

「『瞬風』、『瞬風』、『瞬風』……」

「『鋭刃』、『弱点看破』……アリシャ、あそこ狙って」

俺は後ろでアリシャとリリナの声を聞きながら、にやりと口元を緩める。

現状は奇襲を狙おうとしても、避けられて狙えないという状況だ。

……それなら、油断する状況をこっちで作ってやればいい。

「『狙撃』！」

シュ――シュッ！！！

すると、今度はアリシャが凄《すさ》まじい勢いの矢をワイバーンに飛ばした。

ワイバーンは矢が当たる直前で威力の違いに気づいたようだが、驚いて体を少しよじらせることしかできず、アリシャの矢をもろに受けてしまった。

そして、アリシャの矢は一気にワイバーンの体に深く突き刺さる。

ズシャァッ‼

「ガアアアア‼」

リリナの『弱点看破』や『鋭刃』のスキルのおかげもあってか、アリシャの矢は随分と奥深くまで刺さった。

俺はその矢から不自然に垂れている一本の糸をぎゅっと握る。

その糸はクモのような魔物と戦ったときに奪った『硬糸（魔）』というスキルだった。

「最大出力でいくぞ。『中級魔法　雷痙』！」

俺が『硬糸（魔）』を握りながら魔法を使うと、その魔法は糸を伝ってワイバーンの元へと向かっていく。

すると、突然ワイバーンの体が大きく跳ねた。

体の内側から痺れさせようとしてるんだから、防ぎようがないよな。

「ガアアアア‼」

ワイバーンは体が痺れてしまったのか、体の自由が利《き》かなくなって地面に落下する。

「『瞬地（魔）』」

俺はその瞬間を逃さず、『硬糸（魔）』に触れたまま駆けだす。

ワイバーンが地面に落下して、地面を揺らす音を聞きながら、俺はスキルを使ってワイバーンの目の前に移動する。

そして、俺はその勢いのままに長剣を振り上げる。

「『豪力（魔）』！」

ズシャァンッ！

「ガアアアアア‼」

俺が長剣を思いっきり振り下ろすと、ワイバーンの体から血しぶきが上がる。

……くそっ、結構硬いな。

力任せに斬りつけたはいいが、他の魔物のように体を真っ二つにすることはできず、大きな一太刀が入っただけだった。

「『弱点看破』、『鋭刃』、『毒刃』」

「ガアァ‼」

そして、俺の近くではリリナがワイバーンの弱点に短剣を突き立てていた。

肉をえぐられて暴れそうになるワイバーンを見ながら、俺は左手をワイバーンに向ける。

ここまでダメージを与えた上に毒と麻痺の状態異常も付与している。俺の『スティール』も効くはずだ。

「『スティール』！」

俺は左手をぐっと構えて力を入れる。

「ロイドさま！　後ろ！」

「後ろ？」

リリナの声に驚いて振り向こうとしたとき、横腹に強い衝撃が走った。

そして、そのすぐ後に自分の体がふわっと浮いた。

「おおお！　『強突』！」

聞き覚えのある声を聞きながら、俺は宙を舞う。

何が起きているのか振り向こうとした左の手のひらは、もっと後方にいた人物の方に向いていた。

「よくやったザード！　そのままロイドを潰して、俺たちが手柄を横取りしてやるんだ!!」

俺が吹っ飛ばされた所を見て高笑いをしているのは、主人公のケインだった。

下品な笑い声は、もうこのアニメの主人公としての要素は何も残っていないように見える。

俺は地面に転がされて砂ぼこりまみれになりながら、俺を吹っ飛ばした奴を見る。

「がはっ！　ごほっ、ごほっ!!」

すると、そこにはニヤッとした笑みを浮かべるザードの姿があった。

「くそっ、『支援』を受けた体で突っ込んできやがって」

俺はズキンと痛む横腹を摩《さす》りながら、ザードを睨む。

ちょっと痛すぎないか？　これって、大丈夫な痛みなのだろうか？

俺があまりの痛さに蹲《うずくま》っていると、急に俺の目の前に小さな画面が現れた。

いつも『スティール』を使ったときに現れる画面だったので、俺は首を傾げる。

『スティール』を使った直後に吹っ飛ばされて、左手は別の所を向いていた気がする。

あの状態でも何かスキルを奪えていたというのか？

「……ん？」

俺がそんなことを考えていると、小さな画面には予想外の内容が書かれていた。

『スティールによる強奪成功　スキル：支援』

「え、」

俺はそこに表示されたスキルを見て、思わず声を漏らす。

『支援』？

「ロイドさま！　大丈夫ですか⁈」

「あ、ああ。いつっ」

「すぐにポーション出しますね！」

リリナは俺のもとに駆け寄ってくると、俺の荷物からポーションを取り出して渡してくれた。

俺はリリナからポーションを受け取り、瓶に入っているそれを飲みきる。

俺は痛む部分を押さえながら、奪ったスキルを表示している小さな画面を見つめる。

これって、俺がケインのスキルを奪ったってことだよな？

でも、なんで……

俺はそこまで考えて、さっきの一連の出来事を思い出す。

俺は『スティール』を使った瞬間、ザードに体を吹っ飛ばされた。

そういえば、そのときに俺の左手はケインに向けられていた気がする。

つまり、さっきの俺の『スティール』はワイバーンにではなく、ケインに使ったということになるのか。

あれ？　でも確か、前にケインに『スティール』をしたときは、主人公だから奪えないみたいな表示が出たよな？

それなのに、なんで今回は奪えたんだ？

「ロイドさま……」

俺がそう考えていると、リリナは心配そうに俺を見つめていた。

それから、リリナは顔を俯《うつむ》かせてからぼそっと呟く。

「……許さない」

リリナはすっくと立ち上がると、温度を感じさせない冷たい目をザードに向ける。

俺はその目に既視感《きしかん》を覚えて、慌ててリリナの手を摑《つか》む。

「ま、待ってくれ、リリナ！　俺は大丈夫だから、な？」

「嘘《うそ》ですロイドさま痛そうな顔してます」

俺がリリナを止めようとすると、リリナはこてんと力なく首を傾げる。

まずいな、このままだとザードの命が危ない。

「ほ、本当に大丈夫だから。な？」

俺が軽くリリナを揺らすと、リリナは目をぱちぱちとさせてから、あれ？　と言って
いつもの調子に戻った。

俺はいつも通りになったリリナを見て胸を撫でおろす。

……危うくこの場所が殺人現場になる所だったかもしれない。

それから、俺は俺を突き飛ばしたザードたちの方を見る。

ザードたちはというと、吹っ飛ばされた俺の代わりにワイバーンに目を付けられてい
たみたいだった。

「ザード！　そのまま突っ込め！　俺の『支援』がある限り、おまえはA級冒険者なん
だからな！」

ケインはザードに命令して、後ろの方で得意げに笑っている。

どうやら、ケインはまだ『支援』を奪われたことを把握していないらしい。

いや、まて、この状況かなりマズくないか？

「いくぞ、ザード！　『支援』！　あ、あれ？」

「ああ、分かってる！　『硬化』、『強突』‼　ん？　お、おいっ」

「ガアアア‼」

ワイバーンに突っ込んでいったザードは途中で何かに気づいたようだったが、ワイ

バーンの前足に大きく撥《は》ね飛《と》ばされた。

ガシャンッ!!

「ぐわぁっ!!」

ザードの盾とワイバーンの爪が衝突して、鈍い金属音が響く。

そして、ザードは勢いよく地面に体を強打した。

「ぐうぅっ……おい、ケイン！　なんで『支援』をしないんだ!!」

ザードが血だらけの右手を押さえながら叫ぶと、ケインは何が起きたのか分からないといった様子でたじろぐ。

「し、したはずなんだ！　なんで『支援』が発動しないんだ？　え、どういうことだ？」

「ケインさん、私にも『支援』をお願いします！　ザードさん、すぐに治しますからね！」

「あ、ああ。『支援』！」

ケインとエミは急いでザードの元に駆け寄る。

それから、エミがザードの傷口を確認してから優しく手を当てる。

「『ヒール』……ちょっと、ケインさん！　早く『支援』を！」

「や、やってるぞ！　使ってるはずなのに、な、なんで発動しないんだ？」

「もうっ、『支援』が使えないなら、邪魔なんでどいていてください！」

エミは苛立《いらだ》った様子でそう言うと、ケインを強くどんっと押す。

ケインは押されてふらふらとしてから、ぶつぶつと独り言を漏らす。

「いやいや、急に使えなくなるっておかしいだろ。え？　『支援』がなくなったらどうなるんだ？　お、俺の立ち位置は？　せっかくモテるようになって、お金だって入ってきて、俺を見下していた奴らを見返してきたのに……」

ケインは顔を俯かせながら、そう言って力なくぺたんと座り込む。

それから顔を上げて俺と目が合ったケインは、何かに気づいたように声を漏らす。

「ロ、ロイド。おまえ、まさか……俺の『支援』を奪ったのか？」

その顔は悪役というにしては覇気《はき》がなく、主人公というにしては誠実さがないように思えた。

「なんでだよ。俺のスキルなんていらないって言ってただろ？　『ザコのスキルなんかあったら、俺が穢《けが》れるだろ』って言って笑っていただろ？　それなのに、な、なんで急に奪うんだよ！　な、なんでぇ!!」

何かに縋《すが》るような顔を向けられて、俺は思わずケインから目を逸らす。

確かに、アニメのロイドならそんなことを言いそうだ。

でも、その言葉が本当だったのかは分からない。過去に『スティール』を使ったが、ケインからは奪えなかったから適当なことを言っただけなのかもしれない。

俺はそこで、以前にケインに『スティール』をして失敗したときのことを思い出す。

『スティールによる強奪失敗　ユニークスキル（主）は奪えない』

もしかして、ケインはこのアニメの主人公ではなくなったのかもしれない。

だから、俺はケインからスキルを奪うことができた。

今の惨《みじ》めなケインを見ていると、なんとなくだがそんな気がした。

「ガアアアア‼」

俺がそんなことを考えていると、ケインのすぐ後ろに移動していたワイバーンが大きな口を開けていた。

口から火の粉を零《こぼ》している様子から、また炎を吐くつもりみたいだ。

それだというのに、ケインは全くそれに気づく素振りを見せない。

ケインは幼子のように喚《わめ》く。

「ロイド！　答えろよ！　なんで、なんで今になってこんなことするんだよ‼」

チュンッ！

ケインが大声を出していると、ケインのすぐ隣を矢が勢いよく通り過ぎた。

そして、矢は炎を吐こうとしていたワイバーンの目をえぐる。

「ガアアアア‼」

「え、な、何が起こって……」

ケインは頬にかすった矢に驚きながら、微《かす》かに垂れてきた血を拭う。

「邪魔です。矢で貫かれたくなければ、どいていてください」

アリシャは怒りを抑える声でそう言うと、またすぐに次の矢を弓にセットする。

すると、ケインは慌てるようにワイバーンから離れた。

アリシャの怒りは以前に仲間を傷つけられたことによるものなのか、さっきザードに俺を攻撃させたことによるものなのかは分からない。

分からないが、その怒りが確かなものであることは分かった。

ケインは足を空回りさせて、こけながらワイバーンから逃げる。

その様子は、なんと言うかとても惨めに見えた。

「……とりあえず、ワイバーンを倒してこの勝負を終わらせるか」

「ロイドさま、お体は大丈夫なのですか？」

「ああ。まだ痛むけど問題はない。リリナのおかげもあって、随分とワイバーンの動きも悪くなってるみたいだからな」

俺はリリナにそう言ってから、足元がおぼつかなくなっているワイバーンを見る。

多分、時間が経ってリリナの毒が効いてきたのだろう。それか、まだ俺の魔法の効果が残っているのかもしれない。

俺は初めに見たような俊敏さがないワイバーンに左手を向けて、ぐっと力を入れる。

「『スティール』」

俺が『スティール』を使うと、左の手のひらがぱぁっと微かに光った。

そして、その後すぐに小さな画面が現れた。

『スティールによる強奪成功　スキル：炎弾（魔）』

「ガ、ガア？」

俺がスキルを奪うと、ワイバーンの口から漏れ出ていた火の粉が急に消えた。

それも仕方がないのかもしれない。

炎の元を俺が奪ってしまったのだから。

俺が戸惑っているワイバーンの元に駆け出すと、ワイバーンは俺に噛《か》みつこうとして大きな口を開ける。

そして、その口が俺に迫って来たタイミングで、俺は振り上げた長剣を思いっきり振り下ろす。

「『炎弾（魔）』！」

ゴワアァァ!!

炎を吐くことができても、口から炎を放り込まれたら普通じゃいられないだろう。

俺が剣を振り下ろすと、炎の塊が唸りを上げながら勢いよくワイバーンを襲った。

ワイバーンが口を開けていたこともあって、炎の塊はそのままワイバーンの体の内側を焼き尽くす。

「ガアァアアァァ!!」

ワイバーンはそんな断末魔のような悲鳴を上げて、地面に勢いよく倒れこむ。

そして、俺はその隙にワイバーンの首元に回り込む。

「じゃあな、これで終わり――」

そして、俺が力いっぱい剣を振り下ろそうとした瞬間、洞窟の壁がミシミシッと音を立てた。

バキバキッ、ガラガラッ！

そんな音を立てて壁を突き破って現れたのは、ワイバーンを一回り大きくしたようなティラノサウルスのような魔物だった。

「ガアア‼」

「な、なんだ？」

俺が突然の乱入に驚いていると、その魔物はよだれを垂らしながら一直線に俺の方に向かってきた。

「いやいや、なんでいきなりこっちに向かってくるんだよ！」

俺は慌てて長剣を鞘《さや》に納めて、近くにいたリリナを抱えて振り返る。

とてもじゃないが、真正面からやり合えるような魔物じゃない。

「アリシャ！　手を伸ばしてくれ！」

俺の言葉を聞いて、アリシャが弓を担いで手を伸ばしたのを見て、俺はぐっと脚に力を入れる。

「『瞬地（魔）』！」

俺はスキルを使ってその場を離れると、アリシャを回収してさらに距離を取った。

そして、着地と同時にさっき俺たちがいた方に振り向く。

「うわああ!!」

すると、パニックになって何度も転びながら逃げているケインの姿があった。

そして、乱入してきた魔物は、ふらついているワイバーンの首をぐっと脚で掴んで組み倒していた。

なんなんだあの魔物は。

いや、待てよ……あの魔物はどこかで見たことがある。

俺はしばらく考え込んでから、ハッと思い出した。

あいつ、アニメのOVAに出てくる奴じゃないか?

確か、あいつはアニメの一期が終わった後のOVAに出てきた魔物のはずだ。

一期の終わりか……今の状態の俺たちで、そんな魔物を倒すことができるのか?

俺は突然現れた魔物を見ながら、リリナとアリシャたちをちらっと見る。

「二人とも、大丈夫か?」

俺が聞くと、二人はこくこくっと頷く。

「は、はい。ロイドさまに助けてもらえたので」

「私も大丈夫です。でも、あの魔物は一体……あっ」

アリシャが小さく声を上げたのを聞いて、俺は視線を乱入してきた魔物に戻す。

すると、乱入してきたティラノサウルスのような魔物は、さっき戦っていたワイバーンに重い一撃を加えた後、その頭にかぶりついていた。

そして、ぐぐっと力を入れて、無理やりその頭をむしり取った。

噴き出す血と肉片に変えられていくワイバーンを見て、俺は喉の奥がきゅっと締まる。

なんだあの惨《むご》い食べ方は。いや、今はとにかくこのヤバい魔物から逃げた方がいいだろう。

時系列的に考えて、俺たちが相手にできる魔物じゃないしな。

「リリナ、アリシャ。一旦退《ひ》こう。幸い、魔物は食事中だから音を立てなければ、逃げられるはずだ」

腹が減っていたのか、魔物は俺たちを見向きもせずにワイバーンを食べている。

下手に刺激しなければ、見逃してくれるかもしれない。

「あ、ああっ、あああっ！」

そう考えて数歩後退したとき、ふと情けない声が聞こえてきた。

そちらに視線を向けると、そこではへっぴり腰のケインが短剣を振り回している。

「ガァ」

「ひっ！」

ケインが騒いだせいで、ティラノサウルスのような魔物はケインに敵意があると思ったのか、食べていたワイバーンを捨て置いてケインを睨んだ。

「あのばかっ」

「え？　ロイドさま！」

俺はケインが狙われたことを察して、驚くリリナをそのままにして走り出した。

どう考えても、ケインがどうにかできる相手じゃない。

そう過《よぎ》ったとき、自然と走り出していた。

俺の敵う相手とは到底思えないのに、なんで俺は飛び出してんだ！

「二人は逃げていてくれ！　あのバカを連れてくる……って、リリナ！」

「ロイドさまが戦うのなら、私も戦います！」

しかし、俺の考えに反して、リリナは俺のすぐ後ろについてきた。

「私も援護します」

そして、少し後ろではアリシャが弓を構えている。

「いや、二人は……そうだな。頼むぞ」

「「はいっ！」」

俺一人でどうにかできる魔物じゃないのなら、ここは仲間たちを頼るしかない。

本当はリリナやアリシャを巻き込みたくはないのだが、ケインを見捨てて逃げるという選択が俺にはできなかった。

魔物を倒すことができなくても、何とかケインを連れてこの場を去ることくらいはできるかもしれない。

「ガアア!!」

そして、ティラノサウルスのような魔物が右手を高く振り上げた瞬間、俺は魔物とケインの間に入り、長剣を掬《すく》い上《あ》げる。

「『豪力（魔）』！」

ガギンッ！　ギリッ！

俺は魔物の腕を弾くつもりで剣を振るったのだが、弾ききれずに魔物の爪と鍔迫《つばぜ》り合《あ》いのような形になってしまった。

そして、剣を握った手にはじんと痺れた感覚があった。

「いや、これ硬過ぎんだろ！」

いつもなら多少なりとも魔物を斬りつけることのできる『豪力（魔）』だが、スキルを使用しても、硬過ぎる外皮を傷つけることができなかった。

よく見たら、魔物の外皮は大根でも磨《す》れそうなくらいザラザラしている鱗で覆われている。

「『弱点看破』、『鋭刃』、『毒刃』！」

ガギンッ！

リリナは俺に続く形で魔物に短剣を突き刺そうとしたが、俺と同じように手を痺れさせていた。

「くっ、ダメです！　ロイドさま、刃《やいば》が入りません！」

リリナの『弱点看破』を使っても刃が通らないのか。

俺は目の前の魔物との力量の差を前に、冷や汗を流す。

「リリナ！　こいつを抱えて退くぞ！」

「はい！」

俺はリリナにそう告げて、乱暴にケインを抱えた。

「ぐえっ！」

そして、ケインがみっともない声を漏らすのを聞きながら、リリナを抱いてスキルを発動する。

「『縮地（魔）』！」

俺はぐっと脚に力を入れて、アリシャがいる場所まで戻ってくると、ケインをその辺に投げ捨てた。

「ガアアアア！」

ガガッ、バガンッ！

そしてその直後、さっきまでいた場所を振り向くと、そこは魔物の手によって地面が粉々に割られていた。

爆弾でも爆発したんじゃないかという地面の抉《えぐ》られ方を見て、俺は一瞬言葉を失う。

すると、魔物はすぐに俺たちが避けたことに気づいて、こちらに向かってきた。

「『瞬風』、『瞬風』、『瞬風』……『狙撃』！」

すると、アリシャが魔物の進行を止めようと矢を放つ。

シューンッ！　ピシッ！　ピシンッ！

しかし、アリシャの弓も俺たちの攻撃同様、硬い鱗に弾かれてしまった。

「ロイドさま、申し訳ございません。効いていないみたいです」

「ガアアアア‼」

まったく止まる素振りを見せない魔物を前に、俺は顔を引きつらせる。

ちらっとザードたちを見ると、ザードたちは腰を抜かしてその場を動くことができなくなっていた。

さすがに、ここにいる全員を抱えて逃げるというのは現実味に欠ける。

くそっ、アニメのＯＶＡではそこまで苦戦している感じじゃなかったのに、『支援』のスキルがないだけでここまで違うのか。

……ん？　『支援』のスキル？

俺はそこまで考えて、重要なことを思い出した。

「そうだ。現状を打開する方法はある」

「ロイドさま？」

俺が呟くと、リリナが俺を見上げて首を傾げる。

「いくぞ。リリナ、アリシャ。最後の作戦だ」

俺は奪ったスキル一覧を表示させて、そこにあった『支援』のスキルを見る。

「俺が二人の力を可能な限り引き上げる。二人は俺がスキルを使ったら一気に畳みかけてくれ」

　本来、『支援』はケインのユニークスキルだ。

だから、ケインのスキルを俺が使えるのかは分からない。

仮に使えたとして、その効果がどのくらい続くのかも分からない。

それでも、今はこの一手に賭けるしかないだろう。

「分かりました。ロイドさまを信じます」

「私もです。いつでも矢を撃てる準備をしておきます」

　リリナとアリシャは深く頷いて、魔物をじっと見て構えた。

　俺はそんな二人を見て、頬を掻《か》く。

「……えっと、俺が何をするのかとか確認したり、本当にできるのかとか不安になったりしないのか？」

　自分で作戦を伝えておいてなんだが、なんか信頼され過ぎてないか？

　俺がそう思って聞くと、二人は小さく笑って続ける。

「大丈夫です。ロイドさまですから」

「そうですね。その点は何も心配していません」

　俺は二人の言葉を前に、二人に釣られるように笑う。

　これだけ信頼されてしまったら、失敗するわけにはいかないな。

「それじゃあ、いくぞ……『支援』」

俺が『支援』のスキルを使うと、俺とリリナとアリシャの体が緑色の光に包まれた。

二人は体が急激に軽くなったことに、感嘆の声を漏らす。

「す、凄いです。力が湧いて来るみたいです」

「魔力が、魔力が一気に跳ね上がってます」

リリナとアリシャはそう続けると、自身の力が増幅したことに驚きを隠せずにいた。

「そ、それ……俺の」

情けない声が聞こえて振り向くと、そこではケインが声を裏返して絶望の顔をしていた。

奪っておいてなんだが、あんまり良い気分がするものでもないな。

俺はすぐにケインから目を逸らして、目の前にいる魔物の方を向く。

「リリナ、アリシャ。このまま一気に畳みかけるぞ」

俺がそう言うと、二人は力強く頷く。

「はい、ロイドさま！」

「了解です、ロイドさま」

リリナが短剣を、アリシャが弓を構えながらそう言った。

「それでは、『瞬風』……わっ」

アリシャは『瞬風』を使うと、小さく驚く声を漏らした。

アリシャの『瞬風』は、矢が一本分くらい通れそうなバブルリングのようなものだった。

それが、今のアリシャの『瞬風』は、バブルリングというにしては殺傷力があるくらい勢いが強い。

「同じ魔法でここまで変わるなんて。これなら……」

アリシャは強化された『瞬風』に矢を通す。

「『狙撃』！」

ゴワッ！

そして、そんな激しい風が吹いたと思った次の瞬間、アリシャの矢がティラノサウルスのような魔物に直撃した。

ザシュッ！

「ギャアアア‼」

そして、アリシャの矢は勢いよく魔物を貫いた。

魔物の硬い鱗を貫いた一撃は、弓というよりも銃に近い破壊力があった。

これが、本来のこのアニメのアリシャの力……いや、こんなに強かったか？

「ギャアアア‼」

俺がアリシャの力に驚いていると、また魔物が大きな悲鳴を上げた。

何事かと思って視線を向けると、魔物が血を噴き出しながら、痛みでのたうち回っていた。

「こ、今度はなんだ？」

俺が困惑して魔物に目を向けると、一瞬見えた黒い影が凄まじいスピードで動いていた。

「……『弱点看破』『鋭刃』『毒刃』」

「リリナ、か？」

俺は速さでリリナが魔物を圧倒している姿を見て、目を丸くさせる。

アニメでは『支援』を受けたリリナが力で魔物を圧倒するシーンがあった。

でも、こんなに手数で押すような感じだったか？

「ロイドさま！　体が凄く軽くて力も湧いてきます！」

リリナは意気揚々《いきようよう》とそう言いながら、こちらを振りむく。

そして、その間にまたアリシャの矢が何度か魔物の体を貫いていた。

俺は二人のパワーアップを前に眉をひそめて、アニメの展開を思い出す。

アニメの三期のラストでは、ケインと離れ離れになったヒロインたちが再集結する。

その際、ケインがいない状況で得た力も駆使しながら戦うのだが、結局リリナはパワー系に、アリシャは魔法が主体の戦い方になってしまった。

しかし、今の二人は暗殺者スタイルと狙撃手スタイルを確立させ、そこに『支援』のスキルで力を上乗せさせている。

こんな戦い方をするリリナとアリシャを俺は知らない。

というか、こっちの戦い方の方が強くないか？

もしかして、リリナもアリシャも、本当はこっちの戦い方の方が合っていたのか？

「ギャア……ア」

すると、ティラノサウルスのような魔物が足をふらつかせて、その場に倒れ込んだ。

「ア……ア」

「これは、リリナの毒か？」

魔物は体が思うように動かないのか、立ち上がろうとする度に転んでしまっていた。

まさか、『支援』のスキル一つで、ここまで形勢が逆転するとはな。

俺はそんなことを考えながら、魔物のもとへと近づいていく。

初めは余裕そうな魔物だったが、ただ俺が近づくだけで脅《おび》えているように見えた。

俺は血だらけで体が思うように動かない魔物に、そっと左手を向ける。

「『スティール』」

すると、左の手のひらが微かにぱぁっと光り、小さな画面が現れた。

『スティールによる強奪成功　スキル：破爪《はそう》（魔）』

俺はそのスキル名を見て、顔を引きつらせる。

随分と物騒なスキルだな、これは。

俺はそう考えながら、剣を振り上げる。

「それじゃあ、今度こそこれで終わりだな。……『破爪（魔）』！」

俺が力いっぱいに剣を振り下ろすと、ティラノサウルスのような魔物は激しい血しぶきを上げ、動かなくなった。

これで、ようやく終わりか。

俺は倒れている二体の魔物を見下ろしながら、そんなことを思うのだった。

第十話　主人公がいない物語

I was reincarnated as the leader of a villain party that specializes in banishment, so I banished myself before I got my comeuppance.

「おい、ケイン。おまえ、『支援』が使えなくなったのか？」

俺たちが二体の魔物の素材を回収していると、後ろでそんな会話が聞こえてきた。

俺が振り返ると、ザードが不機嫌そうな顔で怪我《けが》をした片手を押さえている。

ザードの表情には、少し前までケインを煽《おだ》てていた面影はない。

あれだけ大声でケインが叫んでいたのだ。同じ場にいて聞こえなかったわけがない。

いや、というか俺が『支援』のスキルを使ったのだから、色々と察したのか。

その証拠に、あれだけベタベタだったエミも今はザードの隣にいる。

随分と現金な奴らだと思いながら、俺は三人の会話に耳を傾ける。

「ざ、ザード、エミ。そうなんだ、ロイドに奪われちまった。だからさ、ロイドから奪い返す方法を考えようと思うんだ。みんなで案を出せば、きっと奪い返すこともできるんじゃないかと思うんだ」

あれだけ威張《いば》っていたケインの姿はそこにはなく、ケインは媚《こ》びるような笑みをザードとエミに向けていた。

「あぁ？　なに都合の良いこと言ってんだ？」

縋《すが》ろうとする目を向けられたザードは、苛立《いらだ》ちをそのままにケインの脇腹に思いっきり蹴りを入れる。

「がはっ！　ざ、ザード？　急に何をするんだよ！」

「『支援』がないおまえはもうただのクズでしかないだろうが！　誰がお前となんかパーティを組むか！　ここまで散々こき使いやがって‼」

ザードはそう言うと、何度もケインの腹や顔に蹴りを入れる。

ケインはなんとかガードをしようとするが、ステータス差があるザードの蹴りを防ぐことは不可能だった。

それでも、ケインは媚びるような笑みを浮かべ続ける。

「で、でも、なんとか『支援』を取り戻せば、まだA級冒険者でいられるかもしれないんだぞ？」

「取り返せる目途《と》も立ってないのにか？　そんな計画に乗る奴がいるわけがないだろうが！　簡単にスキル奪られてんじゃねーぞ、クソがっ！」

ザードはそう言うと、最後に思いっきり顔を蹴り飛ばす。

ケインは地面に倒れて呻《うめ》き声《ごえ》を上げていたが、何かに気づいたように匍匐《ほふく》前進をしてエミに近づく。

「え、エミ！　おまえは俺と一緒にいてくれるよな？　俺のこと好きだって言ってたもんな？」

　ケインが顔を上げて縋るような笑みを浮かべると、エミはそんなケインを鼻で笑う。

「『支援』のないケインさんに興味はないですね。私が好きな人は、私に大きい顔をさせてくれる男の人なので。私は元々ケインさん個人は好きじゃないんですよ」

「そ、そんなっ……けほっ、ごほっ」

　ケインは余程エミの言葉が効いたのか、咳き込んでから顔を上げなくなる。

……あまり見ていて気分の良いものではないな。

　俺は怒りが収まっていないそうなザードをちらっと見てから、すくっと立ち上がる。

「ロイドさま？」

「これ以上蹴られたら死んじゃうかもしれないからな。止めてくるよ」

　俺はリリナの頭を軽く撫でてから、ケインたちの方に向かう。

　俺がケインに近づいていくと、ケインは俺に気づいたのかゆっくりと顔を上げる。

「なんだよ……俺が惨《みじ》めに見えてきたから、謝りにきたのか？　あぁ？」

　ケインはそう言うと、頭をガシガシッと力強く搔《か》いてから俺を睨《にら》む。

「俺は許さないぞ、ロイド……謝られても、おまえだけは絶対に許さないからな！　おまえのせいで俺は、俺はっ‼」

　ケインは肩で息をしながら、ギリリッと歯ぎしりの音をさせる。

　俺はそんなケインを見ながら、短く息を吐く。

「別に謝る気はない。謝ったところで、許してもらえるはずがないからな」

「は？」

俺がそう言うと、ケインは間の抜けたような声を漏《も》らす。

俺がアニメで見てきたことや、ケインのユニークスキルを奪ったことは、謝罪をしたからといって許されることではない。

だから、俺のことをケインに許して欲しいと言う気持ちは一切ない。

俺はケインを見つめながら、言葉を続ける。

「ただ俺がしてきたことが許されないように、おまえのしてきたことも許されることじゃない。それだけは言わせてもらうぞ。自分がやられてきたからって、酷いことを他の人にやっていいわけないだろ」

「うるせぇよ！　おまえにっ、おまえに、俺の何が分かるんだよっ！」

「分からないな。分かりたくもない……ヒロインを傷つけてまで、自分の強さを周りに見せつけたいおまえのことなんてな」

俺は怒りを押し殺しながら、ケインを強く睨む。

ケインが調子に乗って色んな悪事を働いてきたこと以上に、俺はケインのその行動が許せなかった。

自分が一番その辛《つら》さを分かっているはずなのに、その辛さや痛みを他の人に与えようとする考えが頭にきた。

別に、道徳的にどうかとか、そんなことではない。

ずっと見てきた、心の支えだったアニメの主人公に裏切られた。

そんな幼稚な理由と、俺の心をずっと支えてきてくれたヒロインを痛めつけたことが許せなかったのだ。

何も考えてなさそうなくせに、いざとなったら身を粉《こ》にしてヒロインを守る心優しい主人公。

画面の外から見ていた、俺が見てきたケインはそんな主人公だったから。

「ヒロイン……？　何わけの分からないこと言ってんだ……クソったれ。とにかく、絶対におまえだけは許さねぇからな、ロイド」

「ああ。それでいい。許されないよ、俺たちはな」

たとえ、俺たちがレナたちに作り上げられた悪役だったとしても、俺たちのやってきたことは許されない。

このアニメの中には、もう主人公なんていない。

歪《いびつ》な形の悪役が二人いるだけだ。

俺はそう考えて、俯《うつむ》くケインのもとをそっと離れることにした。

こうして、俺たちの戦いは幕を閉じたのだった。

「はい。間違いなくワイバーンの牙と爪ですね。それと……え⁉」

無事にワイバーンと乱入してきた魔物を討伐した俺たちは、その素材と共に冒険者ギルドに帰還していた。

どうやら、あの乱入してきた魔物はティラノというらしい。

ティラノが出たことをエナさんに告げると、えらく驚いていた。

多分、これもケインたちの『デコイ』が原因なのだろう。

それから、エナさんは俺たちが無事であることを確認してから、安心したように笑みを浮かべてから続ける。

「では、勝負はロイドさんたちの勝利ということで」

俺たちの勝負の結果を聞いて、冒険者ギルドにいた他の冒険者たちから少しだけ明るい声が聞こえる。

俺はその声を聞いて、微《かす》かに口元を緩めた。

ただケインたちの敗北に沸いているだけだと分かっていながら、少しの歓声を前にして、俺は悪くない気分になる。

「ちょっと！　いい加減この状況について説明しなさいよ！」

しかし、そんな俺たちに対して、ケインたちは暗い顔をしていた。

レナは手枷《てかせ》をされて憲兵に両腕を拘束されている状況だというのに、体を揺すりながらそんな言葉を口にしていた。

他の『竜王の炎』のメンバーも同様に手枷をはめられながら、不満げな顔をしている。

エナさんはそんなレナにちらっと冷たい目を向ける。

「奴隷商が全て吐きましたよ。他の犯罪についても、続々証言が上がっている所です」

「はぁ？　仮にそうだとしても、捕まるのはケインだけでしょ⁉」

「え？　いえ、普通に全員が主犯だったので、皆さん捕まりますけど」

エナさんが当たり前のように言うと、レナが眉間に皺を寄せてケインの方に振り向く。

「はぁ⁉　ケイン、あんた私たちを巻き込んでたわけ⁉」

「い、いや、巻き込んでいたというよりも、俺は『竜王の炎』として色んなことをやっていただけだってば」

「な⁉　何をどうしたらそうなるのよ！」

それから、ケインは言い訳のように色んな事を話した。

その話をまとめると、ケインの名前では馬鹿にされてしまうから、『竜王の炎』の名前を使って色んな悪事を働いていたらしい。

どうやら、ケインという名は『竜王の炎』のパシリという印象が強かったらしく、『竜王の炎』の総意として悪事を働いていたということらしい。

そして、その後のエナさんの話によると、証拠隠滅にも粗があって、芋づる式で色んな悪事の証拠も見つかったとのこと。

多分、ロイドほど悪事を働くことに慣れていなかったせいで、そこら辺が疎《おろそ》かだったのだろう。

どうやら、レナたちが思うほど、ケインは担ぎやすい神輿《みこし》ではなかったようだ。

「はぁ、なんであんたなんかに期待したかな？　マジで使えなすぎるんだけど、こいつ」

「そ、そんなこと言っても仕方がないだろ。な、なぁ、レナさえ良ければ、俺とどこかでやり直さないか？」

「はぁ？　あんた『支援』のスキルも奪われたんでしょ？　そんなあんたと一緒にいて何の得があるのよ。馬鹿じゃないの、力のないアンタなんかに興味ないっての」

「そ、そんな……」

レナにバッサリと言われたケインは、力なくうな垂れる。

そして、ケインたちはそのまま憲兵たちに縄を引かれて冒険者ギルドを後にしたのだった。

とりあえず、これで一段落かな。

俺はいまいちすっきりしない気持ちを抱えながら、ケインたちが連れていかれた扉を見て、小さくため息を吐《つ》く。

すると、ケインたちがいなくなってから、アリシャがちらちらっと俺を見てきた。

「えっと、ロイドさま。穢《けが》れた者との勝負は、ロイドさまの勝利ですよね？」

「ん？　ああ、そうなるな」

アリシャがなぜか照れた様子で俺を見上げていた。

どこかに照れる要素とかあったか？

そんなことを考えていると、アリシャが意を決したように頷《うなず》いてから俺を見つめる。

アリシャの頬《ほお》は朱色に染まっており、キュッと閉じた唇が妙に色っぽい。

「ロイドさま。あの、これからよろしくお願いします！」

そして、アリシャはそんな言葉と共に、突然俺にぎゅっと抱きついてきた。

甘い香りに鼻腔《びこう》をくすぐられて、俺は体が固まる。

「え⁉ あ、アリシャ⁉」

俺が突然の事態に驚いていると、アリシャは可愛《かわい》らしく首を傾《かし》げる。

「ロイドさま？ なんで驚いているんですか？」

「な、なんでも何も、行動が突然過ぎるだろ！」

俺の前ではずっと大人しいキャラのはずだったのに、なんで急に抱きつかれてるんだ！

「ロイドさま、私をもらってくださるんですよね？」

「も、もらう？」

俺がアリシャの言葉の意味が分からずに首を傾げると、アリシャはニコッと笑みを浮かべる。

「勝負に勝ったら、私をもらってくださると言っておられたじゃありませんか。あのときから、私は心の準備をしておりました」

「しょ、勝負？　もらう？」

俺はアリシャの言葉から過去の発言を思い返す。

『俺が勝ったら、アリシャは俺たちがもらう。逆に俺が負けたら、俺がおまえのパーティで荷物持ちでも何でもしてやるよ。アリシャの代わりにな』

そういえば、ケインたちに勝負を吹っ掛けるときにそんなことを言った気がする。

もしかして、アリシャはそのことを言っているのか？

「いやいや、あれって俺たちのパーティにって意味だから！」

「ロイドさま。今までの分も強くぎゅっとしてください」

俺がそう言っても、アリシャはお構いなしといった様子で俺に強く抱きついて、頬を俺の体にすりすりとさせる。

今までの分？

……そういえば、アリシャは俺がリリナを撫でている間、ずっと何か遠慮している感じがあった。

なんか色々終わってからで大丈夫的なことを言っていたが……それって、勝負が終わったらということだったのか？

なんだろう。なんか全てが繋がってきたな。

「だめ！　ロイドさまにアリシャのにおい付けないで!!」

リリナは俺の隣でしばらくプルプルと震えた後、俺とアリシャを引き離そうと強引に体を入れてくる。

しかし、アリシャも負けじとプルプルと震えながら俺の体に顔を埋《うず》めている。

なんだ、この状況は。

「……ロリコンだ」

どこかから聞こえてきた言葉に俺が勢いよく振り向くと、周囲にいた冒険者たちは俺からバッと視線を逸《そ》らして知らん顔を決める。

俺は周囲にもリリナにもアリシャにも強く言うことができず、ただ発散できない感情を堪《こら》えることしかできなかった。

こうして、この日を境にロイドにはまた一つ悪評が加わった。

『竜王の炎』の元リーダー、ロイドはロリコンであると。

そして、それと同時に悪くない噂も流れることになる。

ロイドは悪くはないロリコンであると。

傍《はた》から見れば、その両方が悪口と思われるかもしれない。

しかし、悪い噂が絶えないロイドにとって、その噂は珍しく悪くはない内容のものだった。

これまでのロイドの悪行を考えれば、ロイドの悪評はすぐに撤回されるものではない。

しかし、今回の一件を境に、街の人からのロイドの評価は少しだけマシなものになるのだった。

それを本人が知るのは、ほんの少し先のことになる。
ロイドはこれからもアニメの世界で生きていく。
時に助けたヒロインから主人公と間違えられながら、この物語の悪役として。

追放系の悪役パーティのリーダーに転生したので、ざまぁされる前に自分を追放しました。

～スキルを奪う『スティール』って悪役過ぎるけど強すぎる～

あとがき

初めまして、荒井竜馬《あらいりようま》と申します。

他書籍でお会いしたことがある方々、またお会いできて嬉しい限りでございます。

この度は、本書籍をご購入いただきありがとうございます。

本作品は『カクヨム』さまに投稿させていただいている作品を、改稿したものになります。WEB版にはなかった展開もあるので、『カクヨム』さまで内容をご存じの方も楽しんでいただけたかと思います。

まず、本作品を書き上げて思うことは……ヒロインたちが可愛《かわい》すぎる。イラストをつけていただいたことにより、キャラの可愛さが何倍にも膨れ上がっていました！

イラストを担当してくださった匈歌《きようか》ハトリ様、本当に深く感謝を申し上げます！

そして、担当編集のE様、この場を借りて感謝を申し上げます！　物語やキャラ設定に関する数々のアドバイス、感銘を受けるばかりでございました！

それでは、あとがきということもあるので、そろそろ本作品にも触れようかと。

本作品は『悪は環境によって作られる』をテーマにした作品となっています。

皆さん、アニメやラノベに出てくる悪役を見て、『こいつ、それほど悪い奴じゃなくね？』とか、『この悪役が違った環境にいたら、悪役にならなかったのでは？』と思ったことありますよね？　もちろん、私もあります。

さらに、『もしも主人公を取り巻く環境が悪役と同じものになったら、主人公も悪役になるのでは？』と思ったことも……そうしてできたのが、本作になります。

まぁ、実際は『悪は環境によって作られる』のかなんて、分かりませんがね！

でも仮にそうだとしたら、そんな悪役が幸せになる話があってもいいかなって、私は思います。不遇な悪役に、少しの幸せを。

そんなテーマを知った上で本作を読み返していただくと、また違った楽しみ方ができるかもしれません。


それでは、最後に簡単ではありますが、謝辞を書かせていただきます。

本作品に携わっていただいた多くの方々、ファミ通文庫様、担当編集のE様、匈歌ハトリ様、感謝と共に御礼を申し上げます。

そして、最後にご購入していただいた皆様へ。

数ある書籍の中から、本作を手に取っていただけたこと、深く感謝を申し上げます。

またこうしてお会いできる日を楽しみに、一心不乱でキーボードを叩いてまいりますので、応援していただけますと幸いです。

また近いうちにお会いできることを祈っております。ではまた。

■ご意見、ご感想をお寄せください。…………………………………………

ファンレターの宛て先
〒102-8177　東京都千代田区富士見2-13-3　ファミ通文庫編集部
荒井竜馬先生　　匂歌ハトリ先生

FBファミ通文庫

追放系《ついほうけい》の悪役《あくやく》パーティのリーダーに転生《てんせい》したので、ざまぁされる前《まえ》に自分《じぶん》を追放《ついほう》しました。
～スキルを奪《うば》う『スティール』って悪役過《あくやくす》ぎるけど強《つよ》すぎる～

1839

2025年3月30日　初版発行

◇◇◇

著　　者　荒《あら》井《い》竜《りょう》馬《ま》
発 行 者　山下直久
発　　行　株式会社KADOKAWA
〒102-8177 東京都千代田区富士見2-13-3
電話 0570-002-301（ナビダイヤル）
編集企画　ファミ通文庫編集部
デザイン　GROFAL Co.,Ltd.
写植・製版　株式会社スタジオ205プラス
印　　刷　TOPPANクロレ株式会社
製　　本　TOPPANクロレ株式会社

●お問い合わせ
https://www.kadokawa.co.jp/（「お問い合わせ」へお進みください）
※内容によっては、お答えできない場合があります。
※サポートは日本国内のみとさせていただきます。
※Japanese text only

※本書の無断複製（コピー、スキャン、デジタル化等）並びに無断複製物の譲渡および配信は、著作権法上での例外を除き禁じられています。また、本書を代行業者等の第三者に依頼して複製する行為は、たとえ個人や家庭内での利用であっても一切認められておりません。
※本書におけるサービスのご利用、プレゼントのご応募等に関連してお客様からご提供いただいた個人情報につきましては、弊社のプライバシーポリシー（URL:https://www.kadokawa.co.jp/）の定めるところにより、取り扱わせていただきます。

©Ryoma Arai 2025 Printed in Japan

ISBN978-4-04-738300-5　C0193

定価はカバーに表示してあります。

物語を愛するすべての人たちへ

KADOKAWA運営のWeb小説サイト

「」カクヨム

イラスト：Hiten

01 - WRITING

作品を投稿する

— 誰でも思いのまま小説が書けます。

投稿フォームはシンプル。作者がストレスを感じることなく執筆・公開ができます。書籍化を目指すコンテストも多く開催されています。作家デビューへの近道はここ！

— 作品投稿で広告収入を得ることができます。

作品を投稿してプログラムに参加するだけで、広告で得た収益がユーザーに分配されます。貯まったリワードは現金振込で受け取れます。人気作品になれば高収入も実現可能！

02 - READING

おもしろい小説と出会う

— アニメ化・ドラマ化された人気タイトルをはじめ、あなたにピッタリの作品が見つかります！

様々なジャンルの投稿作品から、自分の好みにあった小説を探すことができます。スマホでもPCでも、いつでも好きな時間・場所で小説が読めます。

— KADOKAWAの新作タイトル・人気作品も多数掲載！

有名作家の連載や新刊の試し読み、人気作品の期間限定無料公開などが盛りだくさん！
角川文庫やライトノベルなど、KADOKAWAがおくる人気コンテンツを楽しめます。

最新情報は
𝕏@kaku_yomu
をフォロー！

または「カクヨム」で検索

カクヨム